LA PUERTA ESTELAR

(INFORMACIÓN A-1)

Novela de Acción

Mario Ramos Ocaña

DEDICATORIA

Dedico esta obra a mi esposa Luzmila, mi hija Lucy Yahaira y mis nietos Eva Lucia, Ryan y Dylan y mi yerno Rick.

A mis padres, hermanos y hermanas.

Transmitan a sus descendientes lo bueno que es Dios nuestro padre Todopoderoso y que estos lo hagan de generación en generación. La bendición estará en nuestra sangre. Cuidemos la descendencia para que la Santísima Trinidad permanezca en ellos y en todos aquellos que la acepten de corazón.

Yo soy bendecido y tú también lo eres. Pertenezco a la descendencia ungida y tú también lo eres.

Enseñemos a nuestra descendencia a realizar obras de caridad, actos de humildad, buscar la Paz y el bien permanentemente.

CONTENIDO

EN HONOR A

Aquellos que han fallecido dentro de las Fuerzas Armadas de los Estados Unidos y de las Fuerzas Armadas de los Países Aliados, dentro y fuera de sus fronteras.

Para todo aquél o aquellos que ejercen trabajos para ayudar a los más necesitados, obras de caridad, entre otros; incluso para aquellos familiares que han perdido seres queridos en atentados terroristas. No serán olvidados, están incluidos en la lista de aquellos que hacen el bien, en la lista de los inocentes y de seguro que nuestro Dios todopoderoso los tiene presente.

Para ti, para mí, porque buscamos la Paz y el bien.

PRÓLOGO

Este libro es de gran importancia para todas las generaciones presentes y futuras del mundo.

Todos tenemos que estar y luchar al lado del bien, alejándonos del mal. Este libro te llevará por un laberinto de situaciones que abrirán tu mente, podrás ver todo a tu alrededor, tomar decisiones de bien y comprender que el terrorismo genera terror y dolor. Los terroristas reclutadores están siempre al asecho de personas de mentes inocentes, en ocasiones, personas inconformes y otras, con tendencias muy radicales en practicar la maldad y el adoctrinamiento. A esos terroristas se les combate con inteligencia oportuna para neutralizarlos antes, durante y después. ¡Estamos del lado del bien y no temeremos!

¿Por qué los Estados Unidos? Porque ha mantenido una lucha constante por el mantenimiento de la Paz en el mundo, y porque sigue sumando países para luchar al lado del bien. Debemos tener presente que esta es una lucha permanente del bien y del mal. Su misión como la de los Aliados, es la de no permitir que el mal doblegue al bien. En sí, no se le permitirá jamás, por ello, es importante la unión para combatirlos en todos los ámbitos.

Estados Unidos por ser la primera potencia mundial, con mayor razón, debe trasmitir a sus futuras generaciones y a las de los países Aliados, ese amor para el mantenimiento de la Paz, para generarla, elegirla y fomentarla. Que esas futuras generaciones amen a su país, que sean un brazo de ayuda a los países más necesitados, para que el mal no penetre sus mentes y los haga contrarios a la búsqueda de la Paz.

Este libro deberá ser dado a los hijos de generación en generación, para hacerles conocer la importancia de seguir manteniendo la Paz en el mundo. Sus antepasados lucharon por el bien, para que ellos permanecieran en Paz, la llevasen al mundo y si tienen que defenderla algún día, lo hagan debidamente. También despierta el amor paterno y al amigo, la creencia religiosa, todo en la dirección correcta. La lectura de este libro hace saber algo muy especial.

Quizás el nombre lleve a pensar en ficción, pero, a medida que se avance en la lectura, te irás dando cuenta que la ficción se disuelve y que todo puede suceder. Despertará los sentimientos y el amor por tu tierra, así como esa fuerza interna de querer estar en los lugares que se mencionan, con el interés de ayudar a los involucrados en la lucha por el bien, con el propósito de que ellos salgan airosos en sus dificultades.

Sin mencionar las interesantes vivencias de los involucrados, donde el lector podrá disfrutar de una saga extraordinaria. Serán dos emocionantes situaciones.

Al terminar de leer este libro, sabrás si lo debes transmitir a tus futuras generaciones, a personas de tu entorno, con el propósito de sumarlos a la fuerza del bien, promoviendo la Paz y salvaguardando la misma. Defendiendo tu país y haciéndolos partes de la seguridad nacional.

"La Puerta Estelar" está ligada a interesantes operaciones, de las cuales formarás parte para garantizar la Paz y seguridad en el presente y futuro del mundo en que vivimos.

~~

Mario Ramos Ocaña

CAPÍTULO 1

LA PUERTA ESTELAR

David se encontraba en la casa de su hijo Salomón. Aprovechó la oportunidad para hablar con él de las enseñanzas que le transmitió su abuelo Kevin. Experiencias antes de inscribirse al servicio militar, sobre la comunicación que tuvo con el Dios Todopoderoso; definitivamente eran conocimientos de excelencia.

David empezó a darle detalles precisos a Salomón de todo lo bueno y también de lo que su abuelo le dio a conocer.

Le afirmó que tenía que ser correcto en su proceder con sus hijos, enseñarles a ser fuertes, correctos, leales, aceptar la disciplina para llegar a la sabiduría, la rectitud en el camino del bien, primordialmente en el temor a nuestro Dios vivo y transmitir sus enseñanzas de generación en generación.

Continuaba hablándole a Salomón de sus experiencias, este sabía de los exitosos ensayos que se estaban realizando en el Proyecto Secreto Cuantium, en busca de lograr abrir una Puerta Estelar.

En caso de confeccionarla y lograr abrirla, deberían utilizarla para el bien. De esa manera todas las acciones que con ella se realizaran en la base militar, serían exitosas. David le habló con seguridad a su hijo Salomón.

Salomón al ver la preocupación de su padre, le hizo saber que así sería, y este se lo agradeció. De esta manera, David continuó hablándole a Salomón de su abuelo Kevin. Le mencionó que su bisabuelo le recalcaba siempre que tenía que poner la mente y la carne a disposición del Espíritu Santo para que actuara y se manifestara libremente dentro de él. David continuó expresándole a su hijo que eso lo pudo lograr su bisabuelo por las enseñanzas continuas de sus padres, que vendrían siendo los tatarabuelos de Salomón.

Todo eso lo aprendió David, este deseaba que su hijo lograra llegar a ese estado para que su percepción del mundo fuese diferente. Le recomendó que no pensara de manera negativa, no dijese palabras ofensivas y no mencionara nombres desagradables. Así mismo, le habló sobre la oración a solas, en secreto y en ayuna, de esa manera sería más fuerte, traspasaría los cielos, llegando al oído y atención del Dios vivo y que esperase su respuesta porque así sería. David le contó a Salomón que su bisabuelo una noche se acostó temprano y entró en un profundo sueño, el cual no pudo olvidar al despertar. Procedió a contárselo con detalles y mirándolo fijamente le dijo:

—¡Es bueno que lo sepas Salomón!

Le cuenta que su bisabuelo al quedarse profundamente dormido, se encontraba vestido de uniforme militar (camuflaje) en las inmediaciones de un Campo de Concentración parecido a los construidos por los nazis. Sorprendido por lo que veía, levantó la mirada y logró apreciar a poca distancia el nombre del lugar. Su corazón comenzó a latir rápidamente y buscó encubrimiento para evitar ser visto. Este se recuperó de la impresión y nuevamente miró hacia el lugar, confirmando que el nombre que había visto era cierto: *"Auschwitz"*.

Al detectar la presencia de los nazis, se desplazó ligeramente del lugar donde estaba para no ser detectado. Pudo observar un grupo de niños judíos que eran conducidos en camiones militares nazis.

Antes de entrar al campo de concentración, una niña de entre 9 a 10 años milagrosamente logró bajarse del camión militar donde iba y corrió hacia los arbustos cercanos.

Por suerte él se encontraba un poco distante y fuera de las instalaciones del Campo de Concentración, no muy lejos de la niña que seguía corriendo para esconderse en el bosque.

Antes de adentrarse en el bosque la niña fue vista por uno de los soldados nazis que se encontraba de vigilancia. El soldado le efectuó algunos disparos sin resultado alguno. En eso sonó la sirena del Campo de Concentración de prisioneros, un ruido abrumador que causó pánico en los prisioneros judíos que allí se encontraban.

——Tu bisabuelo corrió a interceptar a la niña que corría desesperadamente, él sabía que tarde o temprano iba a ser capturada o despedazada por los perros amaestrados que tenían para estos casos —siguió hablando David—, antes que pudiese ser atrapada, logró interceptarla y calmarla poco a poco. Le hace saber que él es su amigo y que la ayudaría a escapar de los nazis y de ese horrendo lugar.

Cargó a la niña sobre su espalda y comenzó a movilizarse apresuradamente intentando alejarse del lugar. Mientras seguían internándose en lo profundo del bosque, se escuchaban a lo lejos los perros en ataque, sus ladridos infundían miedo. Él sabía que venían por ellos.

—Tu bisabuelo me dijo que hizo un alto para descansar un poco. La niña le pedía que buscara a sus padres y a su hermanito. Él para tranquilizarla le prometió dejarla en un lugar seguro, asegurándole que después, regresaría a buscar a su familia para reunirla con ella —continuó David explicando—.

Los ladridos de los perros se oían cada vez más cerca. La niña comenzaba a ponerse nerviosa, tu bisabuelo la abrazó y la subió a su espalda nuevamente para seguir adelante.

David siguió con la historia indicando que, a los pocos metros de haber corrido, había un caballo blanco amarrado con su montura puesta. Fue visto por la niña y al decirle al bisabuelo de Salomón sobre el caballo, este miró y quedó sorprendido sin decir nada. Bajó a la niña de su espalda y se dirigieron apresuradamente hacia el caballo. Se montaron y se alejaron rápidamente del lugar. Estando lejos, en poco tiempo y sin oír los ladridos de los perros, la niña le recordó al bisabuelo de Salomón que tenía que ir a buscar a su familia. Este exclamó:

—¡Debo dejarte en un lugar seguro primero! Después de todo, ¿cuál es tu nombre?

—Bueno, mi nombre es Ana— respondió la niña,

quien no perdió la oportunidad de preguntar también
— y tú, ¿cómo te llamas?

El bisabuelo de Salomón le dijo su nombre y se estrecharon las manos.

A poca distancia divisaron un tanque de guerra alemán fuera de combate (abandonado) y pensó que podría encontrar algo de comer dentro del mismo. Estando cerca del tanque bajó del caballo y subió a su parte superior. Para su sorpresa encontró dentro de este a tres niños. Uno de ellos tenía aproximadamente la misma edad que Ana. Quedó anonadado al verlos, sin embargo, también les hizo saber que él era su amigo. Los niños lo miraban recelosos, pero, al ver a Ana quedaron más tranquilos.

—Tu bisabuelo y Ana les hablaron. Fue de esta manera que se animaron a salir y conversaron con tu bisabuelo —David le cuenta los detalles a su hijo—, los niños le contaron a tu bisabuelo que ellos fueron dejados por sus padres en ese lugar seguro para que los nazis no los encontraran, prometiendo regresar por ellos. Uno de los niños llegó a expresar que ya habían pasado tres días. Otro le contó que salió del tanque para ir a su casa y pedirles a sus padres que querían estar con ellos, y que, a poca distancia de su casa, pudo ver cuando soldados nazis se llevaban a sus padres en un camión militar a un lugar cercano de donde vivían. Corrió nuevamente hacia el bosque, se detuvo a llorar, tomó fuerzas y se dirigió hacia el tanque de guerra nazi, al entrar no les contó a sus hermanos.

Uno de los hermanos al oírlo le preguntó por qué no les había dicho nada y la niña más pequeña también le reclamó. Respondiéndole el mayor de ellos, que él no les había comunicado nada para que no se preocuparan y estuvieran tranquilos.

—¡Tu bisabuelo entendió que eran hermanos!

Posteriormente, les pidió que le dijeran sus nombres. El mayor de los tres accedió, señalando a la niña más pequeña:

—Ella es Rebeca, él es Jonatán y yo Ezequiel.

—¡Ella es Ana! —exclamó el bisabuelo de Salomón—, y yo, soy Kevin.

La niña más pequeña le indicó al hombre que tenía mucha hambre.

—Por esta noche dejaremos el tanque e iremos a dormir a la casa donde vivían —dijo Kevin asegurando también que llevarían el caballo que milagrosamente apareció en un momento muy oportuno.

Para poder convencerlos tuvo que hablarles un buen rato y asegurarles que nada malo les pasaría, prometiéndoles que él estaría ahí con ellos. Animosamente les dijo:

—¡De encontrar comida, les preparé un buen banquete!

—Sé de un lugar en la casa donde mi mamá guarda comidas enlatadas—expresó el niño más grande.

—¿Qué esperamos? ¡Vamos! —exclamó Kevin.

—¡Sí, vamos! —exclamaron todos en coro.

Dejaron el tanque nazi y se dirigieron a la casa donde vivían los niños. Al llegar, por lógica, Kevin realizó un reconocimiento asegurándose de que el lugar fuese seguro. Llegó donde había dejado a los niños encontrando a Jonatán llorando, se le acercó y le preguntó:

—Jonatán, ¿por qué lloras?

—¡Quiero ver a mis padres! —expresó Jonatán.

En eso todos le hicieron la misma petición, comprometiéndose este con ellos afirmando que iría a buscar a sus padres al otro día. Al llegar todos a la casa encontraron comida y Kevin les preparó una buena cena. Oraron antes de comer y posteriormente antes de dormir, todos se acostaron en una cama improvisada en la sala de la casa.

David siguió contándole a su hijo Salomón cada uno de los detalles, pronunciando que cuando todos los niños estaban dormidos y abrigados, el bisabuelo de Salomón se levantó de donde estaba acostado, entró en uno de los cuartos y se arrodilló a orar al Dios vivo, al Dios invisible, dueño y señor del Poder, la Sabiduría y la Gloria. Le contó que oró por los niños y sus padres. En la oración incluyó a todos los judíos y no judíos que se encontraban en el Campo de Concentración que había visto, por el cuidado de todos ellos, que lo ayudara a conseguir los padres de los niños. Orando se quedó profundamente dormido.

Al despertar se dio cuenta que estaba en otro lugar, en un bosque con muchos árboles en medio de una oscuridad y un intenso frío. Intentaba saber dónde se encontraba.

De repente, escuchó unas voces entre los árboles, se internó en el bosque cuidadosamente y pudo observar que aquellas personas que conversaban vestían uniforme nazi. Se quedó escondido en el lugar algunas horas para poder movilizarse a otro lugar más seguro.

Comenzó a pensar en los niños, pero sabía que él estaba en otro sitio. Quiso alejarse de ese lugar para evitar ser capturado por los nazis, pero, era todo lo contrario. De repente, observó unas luces cerca de donde estaba. Se dirigió sigilosamente al lugar de las luces, y estando cerca pudo ver (a pesar de la niebla) un objeto extraño, el cual acababan de halar sobre unos rieles. Todo eso le pareció muy extraño, no obstante, continuó observando lo que hacían.

Observó detenidamente el objeto y pudo deducir que era una aeronave con un diseño aerodinámico muy raro, era una aeronave en forma de campana.

A continuación, llegaron tres soldados nazis con una vestimenta extraña a la nave y entraron por una pequeña puerta. El resto de los nazis que estaban cerca se alejaron del lugar. Al poco tiempo pudo ver que la nave en forma de campana comenzó a levantarse del lugar sin hacer ruido, esta estaba encadenada en la parte superior e inferior. Al levantarse del suelo comenzaba a moverse hacia los lados sin control, a medida que hacían el esfuerzo de permanecerla suspendida, mayor era el desequilibrio y descontrol.

De repente cayó la aeronave en forma de campana al suelo, se abrió la puerta pequeña y salieron los nazis con sus vestimentas raras.

Al poco tiempo llegaron los demás, hablaron y ordenaron llevársela. Observó unas insignias esvásticas con otros grabados los cuales no entendía. Pudo detallar todo por la iluminación del lugar, lo cual le dio curiosidad a pesar del peligro. Posteriormente, siguió el rastro por donde habían llevado la aeronave, los rieles conducían hacia un lugar bastante resguardado por la clase de edificación (paredes con un grosor aproximado de 2 metros de espesor), lo cual pudo ver a poca distancia. Logró entrar al lugar, percatándose que este era un área de ensayos. Abrió una puerta cuidadosamente donde se encontraban algunos papeles que parecían planos de innumerables proyectos, incluyendo el de la Nave en forma de Campana, pero encontró otro plano que tenía dibujado una puerta estelar, especificando la manera de cómo debía ser construida. Trató de memorizar lo más que pudo los dos planos, los enrolló y les prendió fuego, logrando salir del lugar de manera muy difícil. Fue tanto el esfuerzo que al tratar de alejarse lo más lejos posible, cayó agotado al suelo a punto de desmayarse. Oyó una voz que le decía: *"Tú no los abandonaste, yo tampoco los abandonaré, estarás conmigo en su momento y ellos oirán mi voz y la reconocerán, son mi pueblo, soy su Dios como soy tu Dios, levántate y prosigue"*.

Se sintió con fuerza para levantarse del suelo, pero al ver a su alrededor se encontraba en otro lugar muy diferente.

Vio a muchas personas caminando con equipos de trabajo y carpas en donde albergaban a otras personas enfermas. Estas no lo podían ver. Entró a una de las carpas y vio mucha gente de diferentes rasgos raciales en catres militares de campaña, estas sufrían de mucho dolor.

Pudo percibir que uno de los enfermos lo podía ver y se acercó a él. Estando cerca, el enfermo le habló, Kevin, el bisabuelo de Salomón, se percató que ese idioma era desconocido para él, pero lo curioso era que le entendía y podía hablarlo, preguntándole:

—¿Qué lugar es este?

—Señor, este lugar es Panamá y somos trabajadores del Canal para unir los dos océanos y establecer un tránsito continuo de barcos hacia ambos océanos —le respondió el enfermo—, estoy aquí con fiebre y mucho dolor en mis piernas al igual que muchos de mis compañeros.

Empezó a decirle que hablaba por todos los que habían fallecidos y por todos los enfermos en ese lugar. Que le hicieran saber de alguna manera a sus familiares, que ellos, los amaban y los extrañaban. Sabía que su condición de salud, al igual que la de sus compañeros, cada día desmejoraba, lo más probable era que no los volvieran a ver.

—¿Cuál es tu nombre?, ¿quién es tu familia?, y, ¿de dónde eres? —preguntó Kevin.

Este recibió una respuesta que lo conmovió:

—¡Mi nombre es desconocido! Todos ellos son mi familia, soy de donde ellos son y familia de aquellos que han fallecido. Una cosa que deseo es que le hagas saber al mundo que estamos en la construcción de un Canal, en donde hubo un intento y no pudieron construirlo por innumerables razones y esta es una de ellas. Que no se olviden de sus esfuerzos y de los nuestros, porque somos uno solo. La paga es buena, pero no alivia nuestro sufrimiento.

—¿Qué enfermedad tienes?

—¡No saben con exactitud la enfermedad que tenemos! —exclamó el enfermo —, lo que sí sé, es que tengo sed, fiebre y cada día me siento más débil.

Kevin le buscó un vaso con agua y le dio de beber. Intrigado y consternado de lo que estaba viendo le dijo:

—¿Puedo hacer una oración por ti, por los enfermos, por los desconocidos y por tus familiares que ya no están?

—¡Sí!

Cuando este comenzó a orar, oyó nuevamente una voz que le decía: *"¡También me acordaré de ellos!"* Cuando abrió los ojos se encontraba acostado en su cama.

David continuó diciéndole a su hijo:

—Salomón, también quiero decirte que tu bisabuelo en ese entonces no era soldado, sin embargo, en ambos lugares aparecía uniformado de militar. Por la situación y los lugares donde se encontraba, no le hizo caso a lo del uniforme, este actuaba con conocimientos militares sin tenerlos.

Viajó en sueños a varios lugares del mundo en donde vio el sufrimiento de muchas personas inocentes en épocas pasadas.

Cada vez que se postraba de rodillas a orar por ellos, siempre escuchaba la misma voz que le decía: *"¡También me acordaré de ellos!"*

En otro de sus descansos, repentinamente sintió que la temperatura del ambiente abruptamente aumentó, sintiendo un calor insoportable. Su piel comenzó a desprenderse causándole un dolor enorme. Pudo observar a su alrededor una ciudad desbastada y destruida en su totalidad, en eso pensó que se encontraba en Hiroshima o Nagasaki. Su piel seguía cayéndose; de repente, cayó al suelo y nuevamente una voz le dijo: *"Los que mueren en cualquier situación y me tienen a mí dentro de sus corazones, y han mantenido sus esperanzas en mí, yo me acordaré de ellos, ellos conocerán mi voz y vendrán a mí"*. Luego perdió el conocimiento.

Fue tan grande la impresión que al despertarse su corazón latía fuertemente y se postró de rodillas y manifestó repetidamente: *"¡Así es!"*

Tuvo otros sueños idénticos. Este se puso a disposición del Dios vivo Todopoderoso, del Dios invisible y misericordioso. Le pidió que lo condujera por donde le fuera útil.

—Por todo lo que supiste de tu bisabuelo, sabes que así fue. He querido que supieras todo esto para que sigas en la misma dirección. Recuerda que, al tener momentos difíciles, no justifica tomar el camino malo, no justifica hacer el mal. Hay que esperar en Dios hasta el final. Siempre la solución llega, recuerda que los designios de Dios, él solo lo sabe.

Espera en él hasta el punto final —le dijo Kevin a su hijo—, y lo más extraño de todo lo que me contó tu bisabuelo Kevin, es que el aparecía en sus sueños lucido con uniforme militar (tipo camuflaje), sin haber ingresado aún al ejército. Este estaba próximo a ingresar.

En eso Salomón le dio un abrazo a su padre David diciéndole:

—¡Gracias padre por tus enseñanzas!

—¡Hijo mío espero que todo lo que realices en el Proyecto Secreto Cuantium, sea exitoso! —le susurró al oído David.

—Padre, en el Proyecto Secreto Cuantium, los científicos y mi persona, hemos estado realizando los últimos ajustes, logrando la sincronización deseada y llevando a cabo dos experimentos dentro del proyecto, trasportando un objeto sólido y el otro experimento, es traerlo de vuelta —comentó Salomón—. Los dos experimentos fueron exitosos. Analizamos los resultados para evitar contratiempos inesperados, de estar todo bien, entonces se realizará el experimento deseado, hacerlo con humanos.

David le pidió a Salomón que no olvidara todas las enseñanzas recibidas.

Salomón le contestó a su padre:

—¡Tendré presente todas las enseñanzas recibidas por ti y las de mi bisabuelo!

Al siguiente día, Salomón comenzó a prepararse para salir de su casa y dirigirse a la base militar donde se estaba realizando el Proyecto Secreto Cuantium. El vehículo blindado de la Central de Inteligencia lo esperaba frente a su casa con su respectiva escolta de protección. Una escolta con el equipo necesario para evitar lo sucedido en el pasado con David. Salomón se despidió de su padre y subió al vehículo blindado para dirigirse a la base militar. David quedó en la casa de Salomón con su escolta de protección de la Central de Inteligencia.

Al llegar a la base militar, Salomón saludó a los científicos del Proyecto Secreto Cuantium. Se dirigieron a un salón de reunión con el propósito de revisar una vez más los últimos detalles de sincronización de la Puerta Estelar para posteriormente, realizar el experimento deseado en base a los experimentos obtenidos con éxito.

La importancia del experimento inicial estaba dirigido a buscar la sincronización y estabilización exacta de la Puerta Estelar. ¿Por qué se hablaba de la Puerta Estelar? Porque podría ser utilizada para viajar al futuro o al pasado. Se había logrado su estabilización tomando todos los datos de los experimentos realizados. Cuando la Puerta Estelar se abra nuevamente, de acuerdo con los nuevos cálculos matemáticos obtenidos en los experimentos, deberá estar estable y sincronizada con el propósito de tenerla abierta el tiempo necesario. De lograr todo esto y obtener el consenso de todos los científicos, se pasaría al siguiente paso: realizar el viaje estelar.

Salomón y los científicos se hallaban frente a la Puerta Estelar, cuyas dimensiones eran extraordinarias e impresionantes. Esta se encontraba rodeada de paredes construidas a prueba de fuertes explosiones. En caso de producirse alguna explosión, estas contenían un aislante que evitaba la absorción de energía con la intención de regresar las fugas de estas energías a sus respectivos lugares de los cuadrantes de la Puerta Estelar, es decir, una energía ordenada en el lugar correspondiente y capaz de absorber la materia que la toque. A todo esto, habían colocado y sincronizado, de igual manera en la Puerta Estelar, la hora, el día, el mes, el año y las coordenadas del lugar que se fuese a escoger. Llegó el momento esperado, todos se colocaron en un lugar seguro desde el cual podían observar la activación total de la

Puerta Estelar. En experimentos anteriores solo habían llegado hasta cierto nivel de energía, en donde la Puerta Estelar se abría, logrando mandar un objeto sólido, el cual fue traído de vuelta al punto inicial en el tiempo establecido.

En esta ocasión elevarían esa energía hasta lograr una mayor estabilización y sincronización de la Puerta Estelar, en donde se esperaba tener una precisión exacta y realizar el viaje esperado. Estaban preparados para abrir la Puerta Estelar y mantenerla abierta por siete minutos.

Salomón y los científicos estaban emocionados porque lograron abrir nuevamente la Puerta Estelar, logrando mantenerla abierta por siete minutos sin novedad. Luego de realizar los experimentos con resultados positivos, acordaron abrirla para que Salomón entrase y fuese transportado a través del agujero de gusano al punto deseado.

El viaje lo haría Salomón por los conocimientos adquiridos durante su convivencia con los científicos de la Central de Inteligencia. Habían confeccionado un traje especial para Salomón pensando en la energía electromagnética que se pudiera producir al entrar por la Puerta Estelar y el viaje a través del agujero de gusano.

Salomón llevaría en su viaje un equipo portátil de GPS adicional al que tiene en su cuerpo para su ubicación permanente, por ser blanco permanente de los terroristas. Los científicos habían planeado abrir y estabilizar la Puerta Estelar para que Salomón realizara el viaje, estaría abierta un tiempo de siete minutos por el alto nivel de energía a utilizar. Transcurridas siete horas, se activarían nuevamente y se mantendría abierta por siete minutos nuevamente. Todo estaría sincronizado con Salomón y se mantendrían las coordenadas establecidas.

Salomón entendió el pensamiento de Albert Einstein de la posibilidad de viajar en el tiempo. Si las matemáticas son exactas la sincronización también debe ser exacta en la distribución de energía en la Puerta Estelar. Los experimentos realizados en el Proyecto Secreto Cuantium lo demostraron. La Puerta Estelar es una energía potencial succionadora al ser tocada, transportando el objeto o cuerpo completamente sin distorsionarlo, manteniendo su forma y para que esto suceda lo transfigura a un estado molecular compatible para poder viajar en el agujero de gusano. La pregunta es: ¿a dónde lo lleva? La respuesta: Lo lleva a las coordenadas escritas o establecidas con anticipación, de igual manera sería el retorno, en el lugar establecido que sería la misma coordenada de llegada para ser transportado a la coordenada de salida. Lo interesante era el tiempo. Para ello se debía mantener la sincronización de los relojes. De funcionar el GPS en los viajes estelares se podría realizar el regreso abriendo la Puerta Estelar en las coordenadas indicadas por el GPS.

Al abrir la Puerta Estelar, el punto inicial sería "A" para el agujero de gusano y su destino final el punto "B". De retornar, serían las coordenadas establecidas en ambos puntos.

Para el viaje al futuro se usaría el mes, el año, el día y la hora con las coordenadas escogidas. El viajero entraría por la Puerta Estelar con la fecha adelantada a la cual debe llegar al final del agujero de gusano, fecha sincronizada con la del punto de partida. Todo sería con la sincronización en la aplicación del razonamiento matemático exacto. A todos les preocupaba el destino de Salomón, de no llegar a las coordenadas establecidas, estaría confinado a vivir en un lugar desconocido. Otras interrogantes de los científicos eran: ¿quedaría atrapado en un mundo paralelo? Otros, sin embargo, en dirección religiosa preguntaban: como todo está escrito, ¿solo Dios sabrá de Salomón? Otros analizaban que Salomón estaría en el mismo mundo en que vivimos con algunos días, meses, años y horas adelantado. O puede que

Salomón estuviese atrasado en todo, su mente recordaría desde el punto inicial hacia atrás y tendría que aprender o averiguar qué sucedió de ahí en adelante para poder adaptarse al momento donde se encuentre.

Todas estas interrogantes las generaron los científicos antes del viaje de Salomón, las mismas las dan a conocer entre ellos para ver cuáles de estas son las que se mantendrían durante y después del viaje estelar. Todo esto era necesario en los cálculos matemáticos obtenidos.

Estas son algunas de las cosas que le podrían suceder a Salomón en caso de perderse de la dirección establecida. De mantener su destino establecido, lograría regresar al punto de partida. Salomón había participado en todos esos razonamientos y estaba decidido a realizar el viaje. Su familia estaba anuente y esperaban que todo saliera bien. Uno de los motivos que lo llevaron a concretar esto, fue su "Fe" al Dios vivo permanentemente, por un conocimiento que le fue trasmitido, en el cual el gobierno de EE. UU., ha prestado interés en materializarlo por todos los resultados obtenidos en los experimentos.

En la base secreta se encontraban todos los científicos de la Central de Inteligencia, participantes del

Proyecto Secreto Cuantium. Salomón les hizo saber una inquietud:

—¡Me gustaría realizar el viaje sin ningún traje especial! Quiero realizarlo con la vestimenta que se estaría usando en la época a viajar. Tengo la fe que, al entrar por la Puerta Estelar, también estaré entrando de inmediato al agujero de gusano, cada molécula estará donde pertenece. El cuerpo se transfigurará manteniendo su contextura física y no podrá ser afectado en su viaje, inclusive cualquier otra cosa.

Una vez atravesado el agujero de gusano, el lugar escogido estaba definido dentro de la base militar donde se realizaba el Proyecto Secreto Cuantium. Por medio de las coordenadas se aseguraría el punto a través del tiempo.

Salomón y los científicos le estuvieron recomendando al encargado del Proyecto Secreto Cuantium, viajar nueve meses al futuro, manteniendo un tiempo de estadía en el futuro de siete horas, y por medidas de seguridad podían conocer la situación existente en el mundo. El comandante general, militar a cargo del Proyecto Secreto Cuantium y de la base donde este se realizaba, dio a conocer la solicitud de Salomón y de los científicos al director de la Central de Inteligencia, al señor secretario de defensa y al comandante del ejército. Todos estaban de acuerdo con la solicitud de Salomón y de los científicos. El secretario de defensa le comunicó al señor presidente, quien se encontraba en su despacho en la Casa Blanca, frente a una campaña política que se realizaría en los próximos meses, de la cual no tenía aspiraciones para un segundo mandato. Este le expresó a todos lo siguiente:

—¡Quiero estar presente con todos ustedes! En tres horas nos encontraremos en la base del Proyecto Secreto Cuantium.

A la llegada del alto mando a la base, fueron dirigidos al salón de observación especial y recibidos por el comandante general de la base. Se encontraban todos los involucrados en el Proyecto Secreto Cuantium. El señor presidente expresó su admiración por el proyecto deseándoles el mayor de los éxitos. Uno de los científicos le indicó algunos detalles de la Puerta Estelar, la cual podían observarla detenidamente.

La Puerta Estelar tenía a su alrededor todos los detalles referentes al mes, día, año, hora y las coordenadas del lugar a llegar, con el propósito de realizar la sincronización adecuada para el retorno.

Todo estaba conectado a un sistema de computadoras diseñadas para el proyecto. El alto mando recibió la información detallada de lo que se haría. Solicitaron la orden del señor presidente para empezar los procedimientos exigidos para abrir la Puerta Estelar. Estos recibieron el visto bueno para proceder del señor presidente.

Salomón llevaría lo necesario para evitar cualquier complicación inesperada en su viaje por el agujero de gusano, una vez traspasara la Puerta Estelar.

Se abrió la Puerta Estelar con éxito. Todos los que estaban presenciando el suceso sintieron gran admiración. Salomón entró al área de la Puerta Estelar acercándose cuidadosamente a un punto de estar a centímetros para ingresar y ser succionado y trasladado al lugar, época y tiempo escogido. Este ingresó a la Puerta Estelar, siendo succionado y transportado de acuerdo con lo previsto. Siete minutos después la puerta estelar fue cerrada sin contratiempos.

Salomón atravesó la Puerta Estelar, entró por un agujero de gusano y salió al punto establecido, año, día, mes, hora y coordenadas del lugar escogido. La sensación del viaje, traspasar una línea y estar del otro lado al instante, fue algo emocionante para él.

El lugar dentro de la base se encontraba despejado por órdenes establecidas desde el año, día, mes y hora de la partida de Salomón por la Puerta Estelar, con la intención de esperar el momento de su llegada a ese lugar, conducirlo de inmediato a las instalaciones y posteriormente llevarlo a un elevador que lo trasladaría varios pisos bajo tierra.

Los cálculos de los científicos fueron precisos, Salomón ya se encontraba dentro del elevador.

Al salir del elevador, entró en una sala compartimentada donde esperaban algunas personalidades que conocía y otras que no. Entre las personas que Salomón conocía estaban el señor presidente de los EE. UU., el secretario de defensa, el director de la Central de Inteligencia, comandante general del ejército, el comandante general de la base y los científicos del proyecto antes de realizarse el viaje estelar. Dentro de las personas que no conocía se encontraban el nuevo presidente de los EE. UU., nuevo secretario de defensa, director de la Central de Inteligencia, el comandante General del ejército y el comandante general de la base.

El nuevo presidente de los EE. UU. permitió que todas las personalidades del gobierno anterior estuvieran para darle la confianza a Salomón y para que pudieran hablar con él. Salomón se sintió agradecido de la iniciativa de este.

El nuevo presidente comenzó a explicarle a Salomón la situación actual del mundo, en donde los EE. UU. había condenado todos los ensayos nucleares de Corea del Norte ante el consejo de seguridad de las Naciones Unidas (ONU). Corea del Norte, queriendo estar incluida dentro de los países portadores de bombas atómicas anunció que mantenía la bomba atómica, en la cual aseguraron que era muy superior a las actuales "de hidrogeno".

Esto creó una inestabilidad e inseguridad mundial al anunciar que estas podían ser colocadas como cabezas nucleares en los llamados misiles balísticos y aquellos intercontinentales capaces de llegar a territorio de los EE.UU. Corea del Norte recibió señalamientos directos e indirectos de algunos países que condenaban sus acciones por hacer caso omiso a los acuerdos de no proliferación de bombas atómicas.

Habían estallado tres bombas nucleares, una en Corea del Norte, distante de su capital en dirección a Corea del Sur; la segunda hizo explosión cinco minutos después en la República Popular China, en una provincia cercana a la frontera con Corea del Norte con instalaciones nucleares y la tercera en una provincia de Rusia, cercana a otra provincia con instalaciones nucleares. Calculando la diferencia de horas entre estos países era posible que las hubiesen detonado al mismo tiempo. Se puede asegurar que los EE. UU. no fue quien colocó o lanzó tales bombas atómicas. Todo esto había traído una crisis diplomática con los demás países que tenían bombas atómicas.

Tenían preparado su arsenal nuclear para hacer cualquier lanzamiento una vez determinaran al responsable, lo más probable, su objetivo: EE. UU.

Salomón de repente reaccionó y preguntó:

—¿Quién hizo detonar esas bombas nucleares?

—¡El director de la Central de Inteligencia le puede hablar en detalle de su inquietud! —respondió el señor presidente entrante.

El director de la Central de Inteligencia siguiendo las instrucciones del señor presidente, empezó con un resumen preciso a Salomón de la inteligencia que tenían antes de la explosión de las bombas atómicas, haciendo énfasis primeramente en lo siguiente:

—Corea del Norte tiene un Servicio de Inteligencia muy bien establecido y agresivo llamado Jefatura

General de Inteligencia (CGIB) y tienen un Departamento de Inteligencia del Exterior (RDEI). Se obtuvo información de un informante A-1 (proporciona información totalmente cierta), la cual podemos considerar inteligencia. Uno de los principales jefes de los Servicios de Inteligencia en mención, de tendencia muy radical en contra de los EE. UU., actuando individualmente de sus altos jefes del gobierno y de su líder máximo de la nación de Corea del Norte, ha seleccionado agentes de Inteligencia altamente entrenados para recibir un entrenamiento especial de artes marciales, usando vestimentas como las que usan los terroristas en sus entrenamientos, con la intención de infiltrarlos en la República Popular China y Rusia, sin especificarles el propósito —continuó—, el jefe del Servicio de Inteligencia de Corea del Norte encabeza y dirige otro grupo conformado por altos dirigentes políticos de gobierno en donde se incluyen altos comandantes del ejército y mandos medios de todas las Fuerzas Armadas. La información se compartió con los organismos de Inteligencia de la República Popular China, Rusia, Israel, Gran Bretaña, Francia, Japón y Corea del Sur. Con el visto bueno del señor presidente se les suministró mayor inteligencia clasificada a nuestros países aliados con posesiones de bombas atómicas con el propósito de mantenerlos alertas.

El flujo de información del agente A-1 se congeló, no se llegó a obtener más información del informante, se presume que fue descubierto y eliminado, pero siguen esperando con poco optimismo, que en su momento llegara a comunicarse con ellos, lo cual no sucedió. La Central de Inteligencia recibe continuamente informaciones valiosas en donde se incluyen otras agencias amigas e informaciones que son procesadas en el ciclo de inteligencia, es ahí donde se descarta una información o se llega a tramitar como inteligencia. De esta manera se nutren a los agentes infiltrados. Por toda la inteligencia que se tiene de Corea del Norte se podría asegurar la participación de altos comandantes del ejército en reuniones con el jefe del Servicio de Inteligencia de Corea del Norte. Se llegaron a reunir todas las informaciones obtenidas, llevándolas a un análisis profundo y comparando los resultados con otros análisis de otras pesquisas. Los analistas de inteligencia han determinado que todo está dirigido a un complot para consolidar más el estado de Corea del Norte, tomando como chivo expiatorio a los EE. UU: y a la vez debilitar a su líder máximo con la intención de hacer ver que su liderazgo se ha disminuido y debe ser desplazado. La situación actual ha creado un descontento de sus seguidores sin ninguna objeción. Los conspiradores colocaron una persona al frente de la parte diplomática para bajar la efervescencia de una guerra nuclear, haciendo ver que están abiertos a buscar una solución pacífica y dar una explicación en caso de que se descubra la conspiración. El elegido a ocupar este puesto podría ser el jefe del Servicio de Inteligencia, un influyente del partido político aliado a ellos o el comandante del ejército. Lo más probable es que obliguen a renunciar a su líder máximo antes que podamos demostrarles a los países afectados por las bombas atómicas de este complot, el cual podríamos llamar "golpe de estado". Todo esto fue compartido con nuestros aliados.

Con gran seguridad el director de la Central de Inteligencia siguió explicando:

—Deducimos que estos grupos entrenados se infiltraron en dichos países con el propósito de colocar las bombas atómicas que hicieron explosión en los lugares que habían determinado, incluyendo su propio país. Las consecuencias catastróficas justificarían sus propósitos que es la de poner en duda la credibilidad de los EE. UU. con los países afectados con capacidad nuclear. El jefe del Servicio de Inteligencia junto con sus colaboradores políticos ha opacado la reacción del líder máximo coreano, limitando la divulgación de su pronunciamiento de los acontecimientos lamentables en su país y creando la apatía de sus seguidores. En caso de que sus reacciones sean desacertadas, aprovecharán esta coyuntura para desplazarlo del poder. Ese grupo radical llegaría a estos extremos por la consolidación política que tiene el líder máximo de Corea del Norte y el temor que ejercen sus organismos de inteligencia leales. Al deponer al líder máximo coreano, pretenden enjuiciarlo, condenarlo a la máxima pena con la intención que no se descubra el complot y los verdaderos responsables de las explosiones nucleares. En estos momentos el líder máximo se encuentra en desventaja, tanto interna como externamente. La vía diplomática controlada por los golpistas le traerá resultados desfavorables al líder máximo, para que continúe dando respuestas desacertadas. La Delegación Diplomática de Corea del Norte pondrá a su país mártir de todo lo que está pasando y están amenazando con tomar medidas drásticas con los responsables, señalando indirectamente a los EE. UU. Se ha buscado la vía diplomática con los otros países afectados para formar una coalición de defensa ante tal ataque. Este ataque ha violado todos los tratados y acuerdos para evitar el uso de bombas atómicas.

—Bueno, detonaron las bombas atómicas. ¿Cuál es la última reacción que ha tomado Corea del Norte?

—preguntó Salomón.

—Hasta el momento su única reacción ha sido la de investigar y deducir la procedencia del ataque. Al tener la información lanzarán un ataque nuclear al país responsable. Esta decisión la han tomado la República Popular China y Rusia. Por tal coincidencia se puede deducir que establecieron una comunicación y decidieron reaccionar de la misma forma. Todo apunta a un ataque nuclear a los EE. UU. y a sus aliados. La deducción más contundente es que el líder máximo de Corea del Norte tiene conocimiento de todo lo que está pasando hasta cierto punto, de ser así, con todo esto quiere es victimizarse ante el mundo —respondió y continuó explicando el director de la Central de Inteligencia—. EE. UU. está preparado para contraatacar en caso de ser atacado y neutralizar cualquier bomba atómica que sea lanzada de cualquier país, pero somos conscientes que las cosas se podrían salir de control, evidenciando un caos generalizado que puede amenazar la existencia humana. Como se ha especificado, el gobierno de Corea del Norte tiene una estructura política bien consolidada y nacionalista, descartando todos sus defectos, han podido reaccionar de esa manera. Por tal motivo, mantenemos la tesis de un complot interno, desquebrajando la lealtad monolítica que construyeron. Las decisiones internas en Corea del Norte se determinarán prontamente por las presiones diplomáticas. La tesis del complot es peligrosa porque podrían haber colocado otras bombas atómicas en dichos países, e inclusive, en los países aliados limítrofes de Corea del Norte.

—¡Esto es más delicado aún! —exclamó Salomón—, hay que avisarle al líder máximo de Corea del Norte que EE. UU. no lo ha atacado y debemos hablarle de su jefe del Servicio de Inteligencia y del grupo entrenado secretamente para realizar esta atrocidad.

—Hemos dado a conocer todo esto a los países afectados, alimentándolos con toda la inteligencia disponible, para que ellos lo transmitan indirectamente al líder máximo de Corea del Norte y de existir el grupo del que hablamos, les dé una respuesta lo más pronto posible. De existir este grupo radical y el grupo secreto que recibió entrenamiento especial para realizar estos actos, el problema quedará entre ellos y se evitaría una guerra nuclear contra los EE. UU.

—¿Existe o no esos dos grupos que usted menciona? —preguntó Salomón nuevamente, recibiendo como respuesta lo siguiente:

—Por la clasificación que le damos a la información recibida del informante A-1, sí existen estos grupos, los cuales clasificamos como terroristas. De tomar el poder en Corea del Norte serían más radicales en todo (un gobierno muy peligroso). Permanecerían cubiertos con el manto de la Paz apoyando a grupos terroristas y a todos aquellos que tomen acciones contra los EE. UU. Otra de las problemáticas existentes, son las nubes tóxicas que van a causar un daño incalculable por donde pasen. La situación es extremadamente crítica en todo sentido. La Organización de las Naciones Unidas (ONU) han convocado a reunión permanente de seguridad para evitar una guerra nuclear. Los países afectados no estaban presentes.

—¿Tenía usted conocimiento sobre la información del informante y cuáles informaciones transmitidas por él, son catalogadas como A-1? —continuó Salomón realizándole preguntas al director de la Central de Inteligencia saliente y este respondió:

—¡Sí!, tenía conocimiento y le fue transmitida al nuevo director. ¿Por qué la pregunta?

—¡Necesitaré después que hablemos de eso porque es muy importante! —continuó Salomón—, y, ¿cómo está el país?

—El señor vicepresidente está atendiendo a la prensa y manteniendo el orden público con la Guardia Nacional, inclusive con el apoyo del ejército para evitar el caos en los estados. Al terminar de conversar con usted debemos regresar y atender otros asuntos de la situación que ya usted conoce —contestó el nuevo presidente.

—¡No le quitaré más tiempo señor presidente! —exclamó Salomón—, sé que usted y su equipo tienen mucho trabajo, solo quiero pedirle que mantengan los conductos diplomáticos abiertos y se siga manteniendo la Paz.

El comandante del Ejército le expresó a Salomón que admiraba su gran razonamiento ante todo lo que estaba aconteciendo y le hizo saber que estaban preparados para la guerra, pero, que abogaban por la Paz.

Posteriormente, se levantó de su asiento el señor presidente entrante y se despidió junto con su equipo de trabajo, quienes iban a atender la problemática existente. Antes de salir llamó aparte al señor presidente saliente y le dijo:

—¡Cuento con usted, con su equipo de confianza y con Salomón para evitar que esto no suceda! El único que recordará toda esta conversación será Salomón, pero abogo por el subconsciente y le pido que lo escuche y lo apoye en todas sus ideas.

El señor presidente saliente le agradeció al presidente entrante, expresándole que siempre estaría trabajando para apoyar totalmente a Salomón, poniendo oído juntamente con todo su equipo de confianza, quienes lo acompañarían para obtener consensos positivos y evitar que se diera tal situación que colocaba a los EE. UU. en una encrucijada, así como también al mundo entero.

El presidente saliente, todo su equipo y Salomón quedaron solos en el lugar, estos comenzaron a intercambiar palabras de su viaje. Salomón preguntó sobre la Puerta Estelar:

—¿Qué me dicen de la Puerta Estelar?, ¿le están dando uso?

—¡La puerta estelar hizo explosión a su regreso! —contestó el presidente.

—¿Y en donde está Salomón, mi otro yo?

—El único que existe eres tú, porque viajaste al futuro a través de la Puerta Estelar y aún no has regresado. Solo existe registro de este momento y cuando regreses, este registro de tu llegada aquí y de esta reunión, no existirán, solo existirá en tu mente consciente, en la cual podrás expresarte y de suceder, dirán que puedes ver el futuro, mas no sabrán como lo sabes. Espero que entiendas Salomón lo que te digo.

Salomón, lo entendía muy bien, este compartió sus análisis:

—Ahora quiero decirles que debo tener exactamente las coordenadas de los lugares de las explosiones atómicas, el día, la hora, el mes y el año para memorizar toda esa información, las llevaré también escritas. Lo más probable es que se disuelvan en el viaje a través del agujero de gusano.

Salomón explicó con detalles que para que el viaje se realizara a la inversa, debía existir una relación entre el viajero o cualquier otro elemento físico visible o no visible a viajar con la energía producida por el agujero de gusano, la cual quedaba codificada desde el punto A. Siempre mantendría la conexión cuando este efectuara la activación de un pequeño dispositivo que indicaría las coordenadas de donde se encontrara en espera el punto A, en donde se encuentre la Puerta Estelar y esta fuese abierta, y el punto B sería la coordenada enviada por el dispositivo al punto A.

El agujero de gusano rechazaría a cualquier humano o elemento, por no ser compatible. Ahora bien, de realizarse la construcción de una Puerta Estelar en el punto B, esta tendría la coordenada del punto A para realizar viajes, ya que lo haría compatible con los demás.

—Todo lo que les dije lo corroboraré en mi viaje de regreso, al llevar las coordenadas escritas y cualquier otro elemento. Espero que las coordenadas sean visibles, así como el elemento a llevar. De no ser así, es por lo que les acabo de explicar —dijo Salomón.

Salomón de pronto se dirigió al director de la Central de Inteligencia y le pidió que lo nutriera o le transmitiera toda la inteligencia que él había obtenido del jefe de Inteligencia radical de Corea del Norte y del grupo que entrenaban secretamente, que por lo visto era un grupo terrorista.

De haber terroristas en los grupos de Inteligencia radical de Corea del Norte, todos ellos deberían ser delatados, denunciados y neutralizados. Salomón aseguró que la gran mayoría de los agentes de inteligencia norcoreanos realizaban su trabajo correctamente para salvaguardar su país, desconociendo lo que se estaba dando, incluyendo también a los altos jefes de inteligencia que podrían desconocer de la situación por la compartimentación de la inteligencia.

De repente, el director de los Servicios de Inteligencia empezó a hablar por los medios televisivos internos, sobre el grupo de Corea del Norte, el cual se le tenía un monitoreo las 24 horas del día. Fueron oídos de las noticias el señor presidente, el secretario de defensa, el comandante general del Ejército y el comandante general de la base donde se encontraban. Toda esa inteligencia fue proporcionada a Salomón, quien debía recordarla al detalle para poder hablarle con base al director de la Central de Inteligencia en su encuentro en el punto A.

Salomón recibió la información necesaria del director de la Central de Inteligencia y posteriormente le hizo saber al señor presidente que era hora de partir. Salomón fue conducido al punto B, una vez en el lugar se despidió del señor presidente y de su equipo de trabajo, incluyendo a los científicos. Todos fueron conducidos por el comandante general de la base a un lugar seguro para evitar un incidente en la transportación. El agujero de gusano solo reconocería el grado de energía del cuerpo de Salomón y de estar otro cuerpo presente, causaría reacciones adversas causándole la muerte a todos, incluyendo la de Salomón (una probabilidad no demostrada). Había muchas preguntas sin respuestas, sin embargo, Salomón daría las respuestas. Salomón llevó consigo un papel con información y un pedazo de metal, si estos elementos no llegaban con él al punto A, eso daba a entender que nada podía ser alterado, ya sea del futuro o del pasado. Salomón tendría en su mente un adelanto del futuro. Este mantuvo el GPS y lo activó para estudios científicos.

Salomón ya estaba en el punto B, procedió a accionar el dispositivo que llevaba consigo para enviar la señal al punto A, y para que fuese activada la Puerta Estelar. En eso, Salomón pudo observar frente a él una deformación del espacio, tiempo, movió su pie derecho para avanzar e inmediatamente fue absorbido y transportado al punto A.

Cuando Salomón salió por la Puerta Estelar fue recibido por todo el personal que lo vio partir al punto B. Los científicos encargados de activar y desactivar la Puerta Estelar trataron de desactivarla, pero algo inesperado ocurrió. La Puerta Estelar aumentaba su potencia sin control, se activó la alarma y todo el personal desalojó el área y esta fue sellada con puertas especiales. Se oyó una fuerte explosión estremeciendo las instalaciones.

Posteriormente, un equipo para detectar radiaciones abrió la puerta especial, notando que todo lo que se encontraba en el interior de la Puerta Estelar estaban totalmente destruidos. Al observar que no había señales de radiación, salieron y comunicaron lo sucedido. Salomón corrió al área y pudo observar la destrucción, buscando en sus vestiduras el papel y el pedazo de metal.

Este quedó sorprendido, puesto que, ninguna de las dos cosas que llevó consigo del punto B, llegó al punto A.

Cuando llegaron los demás al lugar, pudieron observar la destrucción total de la Puerta Estelar. Se les notaba la tristeza en los rostros por lo sucedido y más aún, por todos los años de trabajo que les había costado. Salomón en su pesar expresó tranquilidad y se dirigió al grupo de científicos del proyecto diciéndoles que todo fue un éxito, que no se desilusionaran por el trabajo que hicieron, porque lo que se había perdido era algo material y el beneficio obtenido sería enorme.

CAPÍTULO 2

INTELIGENCIA DEL FUTURO

En la inteligencia existe una frase muy correcta y respetada: "¡La necesidad de saber y el derecho a saber!" Salomón era conocedor de esta frase por la preparación que había recibido de la Central de Inteligencia, solo daba a conocer al grupo de científicos lo que era de interés científico.

El razonamiento que Salomón expresó a todos los científicos, entre otras cosas, fue el siguiente:

—¡Dios Todopoderoso nos permite conocer el pasado y el futuro! El pasado en sueños lucidos que quizás conocemos o desconocíamos, el futuro en las profecías, y de algo extraordinario permitido por él: ¡Viajar al futuro y regresar! Por la invención del hombre, señores científicos, si esto pasó es porque está escrito. Nos lo pudo dar en sueños, en profecías, pero quiso que fuera de esta manera, construyendo nuevamente la Puerta Estelar y lograr realizar otros viajes al futuro y si nos permite ir al pasado, él sabrá por qué y hasta qué punto.

El señor presidente y su grupo de trabajo en el salón de juntas, se reunieron con Salomón. No cabe duda, que iban a tener una larga conversación.

Salomón antes de hablar de su experiencia en el viaje a través de la Puerta Estelar, les pidió tranquilidad y cordura. Manifestó con gran optimismo y a la vez con preocupación, que les haría saber todo. Con serenidad les dio a entender que se podría lograr una solución. Les manifestó que el viaje fue todo un éxito, y esto causó gran emoción en todos los científicos. Continuó dándoles detalles de la sensación que sintió cuando colocó su pie derecho en la Puerta Estelar, siendo succionado al instante, sintiendo que su cuerpo se ordenaba molecularmente con el interior del agujero de gusano, todo fue tan rápido, que en segundos estaba saliendo del agujero de gusano como lo hizo al entrar.

Los cálculos matemáticos y la sincronización realizada fueron precisos. Le comunicó al grupo de científicos del Programa Secreto Cuantium, que no se podía traer objeto alguno del futuro, porque no eran compatibles con el interior del agujero de gusano.

Solo podría traerse cualquier cosa, incluyendo seres humanos del futuro, si los primeros viajeros que parten del punto A al punto B, construyesen el modelo exacto de la Puerta Estelar en el punto B. Dijo esto porque salió del punto B al punto A con un papel con anotaciones y un pedazo de metal del futuro y estos no llegaron con él al punto A. Por tal motivo, dedujo lo dicho anteriormente y agregó otra hipótesis que, al no ser compatibles, pudieron ser dirigidos a otro lugar, tiempo y espacio. Este análisis de Salomón sería el comienzo de muchas preguntas, que por supuesto, se esmerarían en darle respuesta conduciéndolos a conclusiones precisas.

Salomón con mucho respeto y serenidad se dirigió al señor presidente, señor secretario de defensa, señor comandante general del Ejército, señor comandante general de la base y al señor director de la Central de Inteligencia, porque tenía importantes cosas que decirles. Salomón se movió del lugar de donde estaba y se acercó al señor director de la Central de Inteligencia afirmándole que, lo dejaría de último, porque tenía que entablar una interesante conversación referente a algunas inteligencias reservadas de las cuales él necesitaba conocer.

El señor presidente y todos los demás estaban muy interesados en escuchar a Salomón sobre su viaje. Salomón les comentó que tenían mucho trabajo por hacer, se dirigió al señor presidente un poco preocupado a pesar de que trataba de disimularlo. Le pidió total atención, ya que de lo que lograran hacer, dependía el mantenimiento de la Paz en el mundo y la existencia de la tierra. El presidente y todos a su alrededor se quedaron en silencio para escuchar lo que Salomón les daría a conocer de su viaje estelar.

Salomón procedió a contarles detalle por detalle, disertando que al llegar al punto B, fue recibido y conducido a la misma base militar en donde se entrevistó con todos los presentes y otros personajes. Con respecto a los otros personajes, les pidió muy respetuosamente que no le preguntaran por ellos para ir directamente al grano y darles a conocer la inteligencia que traía del futuro. Pidió nuevamente total atención a lo que les iba a decir, y reafirmó diciéndoles que no dudaran de la inteligencia que les daría para poder tener éxito en lo que se planeara y para continuar manteniendo la Paz en el mundo.

Todos en efecto se mantuvieron en silencio. Salomón se dirigió al director de la Central de Inteligencia, haciendo mención al señor presidente, que, siendo el jefe de todos ellos, poseía conocimiento de tal inteligencia. Les hizo mención a Corea del Norte, dándoles a conocer que él sabía que ellos tenían inteligencia de este país, la cual la tenían clasificada como A-1. Les confirmó que existía un grupo de inteligencia muy radical de Corea del Norte y que se conocía que este grupo había entrenado a un grupo secretamente para realizar actos terroristas con las intenciones de desestabilizar el mundo entero, presumiendo que lo estaban realizando en total desconocimiento de su líder máximo. Este grupo terrorista tenía ya en mente los puntos para realizar dichos actos.

Salomón le pidió al señor director de la Central de Inteligencia que le confirmara que estaba en lo cierto, puesto que la inteligencia de la cual hablaba, la había recibido del señor director de la Central de Inteligencia, dándole a entender que fue él quien se la proporcionó en su viaje estelar. Se lo hizo saber para que le suministrara toda la inteligencia sobre lo expresado en el tiempo actual en que se encontraban.

—No duden de la inteligencia adicional que les daré a conocer. ¡Inteligencia del futuro! —exclamó Salomón.

Con esa inteligencia estarían a tiempo de neutralizar al enemigo que quería causar un daño irreparable en la especie humana. Para ello necesitaba toda la inteligencia que se tenía de esos individuos y grupos entrenados para realizar actos terroristas, dentro y fuera de dicho país. Una vez nutridos de esa inteligencia, les haría saber los blancos escogidos y sus propósitos, los cuales serían discutibles para determinar la dirección a seguir.

Fue autorizado el director de la Central de Inteligencia por el señor presidente para hablar sin cortapisas de la inteligencia solicitada por Salomón, puesto que había hablado de ella solo para los ojos del presidente. Era muy extraño para todos que Salomón supiese con certeza de la inteligencia de total secreto en el presente.

—Un agente encubierto nuestro en Corea del Norte, nos proporcionó una inteligencia de suma importancia. Quiero decirle que nuestro agente lo tenemos catalogado como agente de Inteligencia A-1. Su información no tenemos que corroborarla, A-1 para nosotros significa "totalmente cierta". Toda la información proporcionada por él es Inteligencia. ¡Crean lo que les diré! —expresó el director de la Central de Inteligencia—. El jefe del Servicio de Inteligencia radical de Corea del Norte y su grupo entrenado secretamente fueron creados para realizar acciones que aún desconocemos. Lo que sabemos es que el jefe del Servicio de Inteligencia Norcoreano pretende realizar actos desestabilizadores para que su líder máximo pierda popularidad, con la intención de crear un descontento generalizado en la población de sus acciones. Lo más importante para el jefe del Servicio de Inteligencia es crear la desconfianza dentro del ejército en los mandos medios y altos mandos. El grupo secreto que ha entrenado la Inteligencia Norcoreana, lo piensan utilizar para realizar actividades de tipo terrorista, es decir, provocar la desestabilización.

—¿Qué pretenden hacer? —preguntó Salomón.

—¡No sabemos a ciencia cierta!, por eso lo catalogamos como un grupo terrorista muy peligroso y agresivo. De caer cualquier agente nuestro en manos de ellos, obtendría la muerte. Es un grupo que no hace negociaciones, de esa manera protegen su existencia e identidad. Les digo esto porque hemos perdido la comunicación con nuestro agente de Inteligencia que nos proporcionaba información A-1 ¡Inteligencia para nosotros! —continuó con la respuesta el director de la Central de Inteligencia—. Hemos sido insistente en tratar de establecer la comunicación, pero ha sido infructuosa, he dado la orden de contactar a otros agentes del área para ubicarlo y no lo han podido localizar. Deducimos que fue capturado, interrogado y posteriormente eliminado. Esto es lo más probable en caso de haber revelado su identidad mediante los interrogatorios. En realidad, estamos pensando lo peor, esperando lo mejor. No podemos exponer a los demás agentes de inteligencia, sería mandarlos a una muerte segura. Solo uno de nuestros agentes en ocasiones anteriores ha tenido contacto con él, salvaguardando su integridad, le hemos dado la misión de ubicarlo.

La inteligencia obtenida había sido transmitida a los servicios de Inteligencia de países aliados, entre ellos Israel, Corea del Sur, Japón, Inglaterra, Francia, Corea del Sur y otros países que compartían inteligencias referentes a grupos terroristas.

Hemos suprimido esta inteligencia a algunos países esperando obtener más información, con la intención de mantener la confidencialidad de la inteligencia que tenemos. Buscamos conocer sus pretensiones futuras e intenciones de sus jefes con este grupo terrorista. Llegar a conocerlas es una de nuestras prioridades, que serían sin duda acciones para generar el terror —siguió explicando el director de la Central de Inteligencia—. También hemos recibido inteligencia de los países que hemos mencionado, pero ninguno ha confirmado la existencia de la formación de este grupo terrorista en Corea del Norte.

Tenemos un satélite que está enfocando permanentemente las instalaciones de los Servicios de Inteligencia de Corea del Norte, para mantener ubicado en todo momento a su jefe, se tiene un seguimiento encubierto obviando el seguimiento abierto (para no exponer a los agentes de inteligencia en este trabajo tan delicado y peligroso). Queremos saber los lugares que visita frecuentemente y determinar el más frecuente. Saber quiénes llegan cuando él está o quienes salen posteriormente. En esta vigilancia se ha detectado la presencia de algunos científicos. Digo de algunos científicos porque en fotografías recientes tomadas por el satélite y cotejadas con nuestro archivo de blancos, aparecen y pertenecen a un equipo de científicos que trabajan secretamente en los proyectos atómicos de Corea del Norte. Nuestros analistas de inteligencia tienen tres interpretaciones de la presencia de estos científicos. Una es que informan de todos los trabajos atómicos al jefe del Servicio de Inteligencia Norcoreano para que este a su vez, informe a su líder máximo. La segunda es que le estén proporcionando información de los avances atómicos al jefe del Servicio de Inteligencia Norcoreana por su posición. La tercera es que estén planeando algún complot contra su líder máximo, incluyendo al grupo secreto al cual catalogamos como grupo entrenado para realizar actos terroristas, dentro y fuera de su país, al mando del jefe del Servicio de Inteligencia Norcoreano. Esas son las respuestas de nuestros analistas de inteligencia, las cuales son fuertes para sus oídos, pero son respuestas las cuales respetamos y consideramos.

Salomón estaba prestando mucha atención. El director de la Central de Inteligencia continuó con su detallada explicación:

—El señor presidente me dio la autorización de activar a todos nuestros agentes de inteligencias frontera con Corea del Norte, con el propósito de detectar cualquier movimiento de armas de destrucción masiva a través de cualquier punto de dichas fronteras. La información más reciente es que el comandante del ejército norcoreano se reunió con el jefe del Servicio de Inteligencia Norcoreana, en el mismo punto donde estuvieron los científicos de los proyectos atómicos, eso es todo lo que tenemos referente a la inteligencia que le he dado a conocer, la cual es de su interés hasta el momento.

Salomón agradeció la docencia del director de la Central de Inteligencia y se dirigió al señor presidente preguntándole:

—Señor presidente, ¿cuánto tiempo le queda para finalizar su período?, ¿piensa usted reelegirse?

—Faltan siete meses para finalizar mi período, y no, no pienso reelegirme —respondió de manera inmediata el señor presidente, quien le preguntó a Salomón también:

—¿A qué viene la pregunta política Salomón?

—¡Es para atar ciertos cabos en mi cabeza!

Salomón una vez más se dirigió a todos los presentes:

—La inteligencia que les daré a conocer es totalmente verídica, es A-1. Señor presidente le hago saber que el próximo presidente de los EE. UU. enfrentará graves problemas políticos a nivel mundial. ¡Estamos hablando de siete meses! —exclamó Salomón, quien ahora se dirigió directamente al señor director de la Central de Inteligencia—, ¡me interesa seguir conociendo toda inteligencia que se tenga del jefe del Servicio de Inteligencia de Corea del Norte y del grupo secreto que entrenan bajo su mando. La inteligencia que recibí en el futuro es que él se reúne con altos mandos del ejército, incluyendo algunos mandos medios. Su relación es fuerte con grupos políticos influyentes dentro del gobierno. En sus reuniones clandestinas buscan confeccionar un plan para desestabilizar el mundo y responsabilizar de esta desestabilización a los EE. UU. Lograron colocar pequeñas bombas atómicas en países como la República Popular China, Rusia y una en su propio país, todas fueron detonadas manual o electrónicamente. Deduzco que fueron pequeñas cabezas nucleares en cajas fáciles de transportar compuestas por un material anti radiación para asegurar su traslado y ocultar su contenido de los satélites. Una de las cajas llevaría la carga explosiva (carga radiactiva), la otra el detonante (el que activa la carga explosiva). Los países que tenían como blanco son los antes mencionados, incluyendo su propio país. Estando en el futuro, las bombas que fueron colocadas en dichos países como les manifesté habían detonado causando un caos mundial y una crisis diplomática muy crítica en contra de EE. UU. La tesis de un complot es por la explosión de una bomba atómica en su propio país —continuó—. Obtuve los puntos y coordenadas de las explosiones atómicas y de igual manera el día, la hora, el mes y el año. Necesito un mapa de cada país para ubicar los lugares y el punto de explosión exacta. Teniendo esto podemos neutralizar o destruir el grupo terrorista asignado a la colocación de estas bombas atómicas. Tenemos la Inteligencia oportuna (esa es la inteligencia deseada) y la tenemos. Ahora toca confeccionar la estrategia a seguir, que al final arrojará la orden de operación del plan que se establezca. El tiempo es apremiante y todas las acciones que se tomen deben de ser con el mínimo de error posible y con total discreción. El interés de conocer más inteligencia de Corea del Norte es para que los presentes estemos claro de toda la situación existente, porque cada opinión que se llegue a dar en la discusión positiva, así como los mejores cursos de acción, son de suma importancia. Le pido disculpas señor director de la Central de Inteligencia por lo solicitado.

—¡Al contrario Salomón, estoy para servirle! —exclamó el señor director de la Central de Inteligencia.

Posteriormente, comenzó un debate positivo entre todos con la intención de confeccionar el mejor plan posible, para que fuese admitido como orden de operaciones y realizarlo con éxito.

En eso, el señor presidente le pidió a Salomón que hiciera saber su punto con la intención de crear una discusión en base a esa idea y que los llevase a dar inicio a un plan de trabajo. Salomón le respondió:

—Pero si es usted quien tiene más clara la situación por toda la inteligencia recibida del futuro.

—¡Hasta cierto punto! —contestó el señor presidente—, contamos con comandantes generales de experiencia militar, tenemos al señor director de la Central de Inteligencia que nos proporciona inteligencia oportuna, así como al señor secretario de defensa. Todos con una gran experiencia política, en donde me incluyo, contamos con conocimientos de estrategia militar. Estamos los actores que tenemos que estar. Con esto ganamos tiempo y reducimos el margen de error. Ahora bien, no quiero que todo lo que he expresado se convierta en una orden.

Todos hacen un gesto de aceptación y enseguida el señor presidente exclamó:

—¡Empecemos!

Salomón se sintió más seguro por las palabras del señor presidente y la aceptación de los demás, y más aún, por haberle permitido presentar su idea y empezar una discusión positiva en base a ella.

—Es cómodo hablarles a ustedes de mi viaje al futuro porque saben cómo se realizó ese viaje. Difícil sería para mí hablarles del futuro sin que ustedes supieran lo que sucedió después de cruzar la Puerta Estelar —dijo Salomón—, bueno quiero que lo sepan, ¡fue algo extraordinario! Ahora concretémonos en lo que estamos y poco a poco irán comprendiendo por qué no incursioné en otras cosas de interés, tanto para ustedes como para mí.

Estando en el futuro a Salomón se le dio a conocer la inteligencia de donde se instalaron las bombas atómicas, el día, mes, la hora, el año y las coordenadas, y también información sobre los países donde se colocaron. Por tal motivo, este solicitó toda la información que iba a necesitar en esta reunión que tuvo al regresar del futuro.

*** ~~~***

Mario Ramos Ocaña

CAPÍTULO 3

DIPLOMACIA DIRECTA

Salomón continuó su discurso, dirigiéndose al señor presidente:

—La idea es, señor presidente, establecer el contacto directo de nuestro mandatario: usted, como también con los mandatarios de los países que hemos mencionado. Establecer un mutuo acuerdo, una reunión secreta entre nuestro señor secretario de defensa, director de la Central de Inteligencia, comandante del ejército y mi persona, con los ministros de defensa, sus jefes de los Servicios de Inteligencia y comandantes de sus ejércitos. De lograr que se den estas reuniones, yo participaré en cada una de ellas, ¡si me lo permiten! Esto con el fin de darle mayor confianza y claridad posible de todo lo que se exponga y así poder obtener la aceptación del plan o las proposiciones que le hagamos. De esta manera aseguraremos en gran medida que se mantenga la confidencialidad sorpresa de todo lo que se haga, para lograr neutralizar o destruir a ese grupo terrorista de mucho peligro.

El director de la Central de Inteligencia se dirigió esta vez al señor presidente:

—Presidente, es importante la presencia de Salomón en las reuniones a establecerse con los ministros de Defensa, jefes de Inteligencia y el comandante general de los ejércitos de la República Popular de China y Rusia. Debemos aclararles con mucho respeto a los mandatarios que en la reunión privada se conversará sobre futuras acciones terroristas en sus países, una reunión con fecha establecida que incluya la solicitud de Salomón con los homólogos, para lograr así convencerlos y realizar una operación conjunta, en donde nosotros solo pondremos enlaces. También le daríamos a conocer el otro país que estará dentro de la misma operación (Corea del Sur), del mismo modo, solicitándole la discreción para mantener la confidencialidad. Así mismo señor presidente, se debe tener en mente la realización de un viaje para hablar directamente con los mandatarios en mención, y para tener mejor aceptación a esta petición, sería recomendable que llevase con usted a Salomón en ese viaje.

El señor presidente se dirigió de inmediato al director de la Central de Inteligencia:

—Siempre he dicho que usted cuenta con una inteligencia oportuna y de gran bienestar para nuestro país, sin embargo, en esta ocasión discrepo un poco con su idea y la de Salomón. Por el poco tiempo que tenemos, daremos órdenes a nuestros embajadores en los países en mención, para que soliciten de urgencia una cita con los mandatarios, cuando estén frente a ellos les comunicarán que deseo hablar con ellos a través del teléfono de los señores embajadores o del teléfono que ellos deseen, siempre y cuando sea una línea segura. En esta conversación con los mandatarios le solicitaré directamente las reuniones con sus homólogos, en donde sus funcionarios le harán saber la importancia de la misma en caso de acceder.

—Señor presidente, su idea es la apropiada por el poco tiempo que tenemos. De acordar las reuniones posteriores, Salomón viajará conmigo a la República Popular China y de ahí viajaremos a un país aliado para desviar la dirección principal, que es la de viajar a Rusia. De igual manera, el señor secretario de defensa realizará el viaje en otro avión aplicando el mismo sistema —respondió el director de la Central de Inteligencia.

El señor presidente le solicitó al director de la Central de Inteligencia y al comandante general del ejército que, 24 horas antes de darse las operaciones en los países en mención, los comandantes de alto nivel y de distintas fuerzas se pondrían a órdenes, recibiendo la inteligencia necesaria y solicitándole el total secreto de ésta. Salomón estaba de acuerdo con la realización de una diplomacia directa, y en este caso en conseguir las reuniones a través de los embajadores. Ahora quería tocar el tema de Corea del Norte, el grupo que tenían entrenado secretamente para realizar estos actos terroristas y los encargados de colocar una bomba atómica en su propio territorio.

—¡Demos gracias a nuestro Dios vivo Todopoderoso que tenemos el punto exacto de donde la colocarán! —exclamó Salomón—, señor presidente, el jefe del Servicio de Inteligencia con otros grupos militares y políticos de Corea del Norte han planeado esto muy cuidadosamente, arriesgando todo para tomar el poder en bandeja de plata o llevar al estado a una guerra perdida con una supuesta alternativa para buscar la Paz mediante un diálogo engañoso, ganando tiempo y deponiendo de alguna manera a su líder máximo. De esta manera buscan consolidarse formando un nuevo gobierno con un nuevo poder que tomará decisiones impredecibles.

La intención de Salomón era participarle todo al grupo o equipo especial que pretendían mandar a Corea del Norte para evitar que los terroristas detonaran la bomba atómica en su territorio. Salomón enfatizó en que debían tener una comunicación con el Vaticano y el Papa. De este aceptar podrían proporcionarle información de primera mano sobre Corea del Norte.

El director de la Central de Inteligencia le hizo saber a Salomón que existía una buena comunicación con la Santa Sede y el señor presidente les autorizó la realización del contacto con la misma.

Salomón solicitó la participación de Israel, mediante el Mossad en los grupos de enlaces que se nombrarían y participarían con las Unidades Antiterroristas de los países en mención, haciéndolos pasar por norteamericanos. El propósito de su presencia en esta misión es para que puedan tener la inteligencia de todo lo que se llegue a realizar fortaleciendo más su defensa. Por esta razón, expresó lo siguiente:

—Reconozco que hay muchos países árabes que abogan por la Paz, al igual que otros países aliados con pensamientos buenos que buscan el amor de nuestro Dios todopoderoso, pero también existen personas en esos países muy radicales que, si son incluidos, podría fracasar la operación o la misión que se llegue a realizar. Los tendré en oración y extiendo la bendición para todos ellos. Sé que la bendición también está en ellos.

Todos estaban de acuerdo con todas las ideas planteadas e iban a trabajar en ellas muy cuidadosamente. El señor presidente le indicó al grupo que procedería con la idea escogida y tendría a su vez una segunda idea opcional en la comunicación con los mandatarios en mención. Se dirigió y les comunicó a los presentes que tenía en los próximos días la reunión del grupo de los ochos, donde hablaría nuevamente y más a fondo, con los mandatarios de los países en mención para lograr la aprobación del plan y llevar a cabo la operación como ellos la planearan, siguiendo el plan de realizar su parte en su territorio, neutralizando o destruyendo a los terroristas, incluyendo la desactivación de las bombas atómicas.

En eso el señor Secretario de Defensa se dirigió al señor presidente indicándole que tenía al teléfono a los señores embajadores asignados en la República Popular China y Rusia.

El señor presidente tomó el teléfono y habló con los señores embajadores. Estos se comprometieron en lograr la comunicación con los mandatarios lo más rápido posible.

Posteriormente, el señor presidente le ordenó al señor secretario de defensa que preparara su viaje para la reunión del grupo de los ocho.

Con seguridad afirmó que, por medio de sus embajadores en los países en mención, conseguiría las reuniones pensadas. En esa comunicación telefónica les daría inteligencia superficial a los mandatarios, quienes recibirían más de esa inteligencia cuando se reunieran con las personas solicitadas para dicho evento.

En cuanto a la reunión del grupo de los ocho, sus embajadores solicitarían una reunión privada con los mandatarios en mención, en donde le confirmaría la inteligencia recibida de sus ministros de defensa, jefe del Servicio de Inteligencia y los comandantes del ejército. El señor presidente se dirigió al señor director de la Central de Inteligencia para ordenarle que estableciera los contactos y accediera al lugar que ellos escogieron dentro de su territorio una vez hablara con los mandatarios y accedieran a las reuniones como lo habían indicado, por supuesto, en total discreción con sus colegas. De igual manera prepararían la manera de cómo iban a operar dentro de Corea del Norte. El señor presidente le expresó también que quería de vuelta a Salomón junto con los que lo iban a acompañar en la operación.

De acuerdo con la inteligencia del futuro proporcionada por Salomón, se analizó que los cabecillas de este mal pretendían causar un gran daño, y habían escogido una semana después del inicio del mandato del nuevo presidente de EE. UU. para llevarlo a cabo. La intención de este grupo era crear improvisación e incertidumbre en las ordenes que se tomaran por lo apremiante de la situación, estas podían ser acertadas o desastrosas. El señor presidente se dirigió a Salomón indicándole que no correría en las próximas elecciones, y que tampoco le preguntaría quién sería el próximo presidente de los EE. UU. Su atención total estaba fijada en poder neutralizar las pretensiones de los terroristas y consideraba que la misión de más riesgo era en Corea del Norte. En su preocupación hizo mención del cabecilla de los terroristas y su equipo más cercano, este indicó que ellos habían pensado y analizado el gran terror que causarían a nivel mundial.

Era obvio que, si ese grupo llegaba a ejecutar sus planes de terror, iban a causar una guerra total, y apoyarían en forma encubierta posteriormente a todo grupo terrorista existente enemigo de EE. UU. y sus aliados. El señor presidente les pidió a todos hacer las cosas precisas junto con los países involucrados en la operación de neutralización total del grupo terrorista, se tenía que ser contundente en la operación por lo peligrosa que era, a pesar de que los terroristas habían surgidos del mismo lugar, actuaban como células independientes con tareas definidas para cumplir sus propósitos en el objetivo. De repente, el señor presidente observó a los señores comandantes generales y les dijo:

—Espero que me hayan entendido, porque esas definiciones las he aprendido de ustedes.

—¡Así es señor presidente! —respondieron a coro los señores generales.

Salomón comprendió que tenían poco tiempo para armar y planear la estrategia a seguir, esta tomaría un curso acelerado del idioma más común en Corea del Norte. Este le pidió al señor presidente permiso para visitar a su familia, para poder estar con ellos mientras se realizaban las coordinaciones de las reuniones.

El señor presidente accedió a la solicitud de Salomón, puesto que él también tenía muchas cosas que hacer por el puesto que ostentaba, este mantenía una agenda política muy cargada. El señor secretario de defensa, director de la Central de Inteligencia y los señores generales presentes se quedaron para cuadrar todo antes de la reunión del grupo de los siete, teniendo como invitados a la República Popular China y Rusia.

El señor presidente ordenó la finalización de la reunión expresándoles que debía seguir cumpliendo con otros compromisos rutinarios. Este les informaría una vez hablara por teléfono con los mandatarios de la República Popular China y Rusia, para reunirse nuevamente en el mismo lugar donde se encontraban.

Más adelante, después de la salida del señor presidente, Salomón se despidió de todos los presentes, para su sorpresa uno de los científicos, muy amigo de él lo esperaba en la salida de la base militar. Salomón al verlo lo saludó diciéndole:

—¡Fue un éxito!

—Me alegro mucho y me agrada que hayas ido y regresado del futuro. Ahora tenemos una tesis la cual es posible porque lo hemos demostrado— contestó el científico.

—Sí, ¡todo es posible con el consentimiento de Dios!

—Así es —le respondió su amigo el científico.

Minutos más tarde, Salomón llegó a su casa y fue recibido por toda su familia, incluyendo a su padre David. Cuando Salomón abrazó a su padre le dijo que tenían que hablar. Salomón después de atender a su familia llevó a su padre al mismo lugar de su última reunión con él, estando ahí, le dijo a este que habían logrado abrir la Puerta Estelar.

David quedó admirado por las palabras de Salomón, expresándole que lo recibido era algo de suma importancia, le hizo saber que ese secreto no debía ser revelado a la humanidad, porque podría ser utilizado por personas con deseos de causar daños.

David quería que Salomón le siguiera contando de la Puerta Estelar. Salomón continuaba hablándole a su padre del éxito de la Puerta Estelar, puesto que habían logrado abrirla y él había sido el único en viajar al futuro (nueve meses) a través de ella. Le comentó que conoció al nuevo presidente de los EE. UU. Él quería realizar muchas cosas en ese viaje y tenía muchas inquietudes, pero, fue recibido con noticias desalentadoras. Podía contarle libremente a su padre la inteligencia que obtuvo, y que el señor vivo Todopoderoso, por algo quiso que se realizara ese viaje, escogiéndolo precisamente a él. Le expresó:

—Dios quiere que se detengan las pretensiones de aquellos generadores del mal. Él nos ama y nos protege a todos los que esperamos en él y seguimos el camino del bien.

David observó el rostro de Salomón y le dijo que veía una gran preocupación en él, recordándole que en esa situación tenía que entregarle toda preocupación al Dios vivo todopoderoso, puesto que él, le daría discernimiento para que lo condujera por sendas seguras y no tuviese tropiezo en su andar.

Salomón le agradeció a su padre, asegurándole que tendría presente todas sus palabras. Salomón continuó hablándole a este del futuro, en donde los acontecimientos que se habían dado eran estremecedores y no había podido salir de la base militar para ver y conocer aquellos adelantos surgidos en poco tiempo, le pesaba no haber podido traer esa información al presente. Siguió explicándole detalle a detalle, incluyendo lo sucedido con la Puerta Estelar.

David le dio consejos fortalecedores a su hijo, le pidió que le hablara del momento específico cuando se logró abrir la Puerta Estelar con éxito, a pesar de su destrucción quería conocer si podían encontrar la falla y cómo podrían corregirla en poco tiempo. Salomón le confesó que se podían revisar todos los datos y encontrar donde estuvo la falla. Este no dudo en responder la primera inquietud de su padre, haciéndole saber que cuando se abrió la Puerta Estelar, su corazón comenzó a palpitar fuertemente. Asustado y emocionado traspasó la Puerta Estelar como en un abrir y cerrar de ojos, llegando al lugar exacto de acuerdo con las coordenadas establecidas antes del viaje.

Salomón le dijo a su padre que el científico Albert Einstein, en sus cálculos matemáticos y físicos, llegó a conocer los procedimientos precisos para abrir una Puerta Estelar y viajar a través de un agujero de gusano, sin embargo, no quiso dar a conocer en su totalidad su descubrimiento por el temor de su mal uso. En cuanto a la falla y explosión de la Puerta Estelar a su regreso, Einstein conocía de esa posible falla y su corrección. David expresó:

—No es conveniente volver a construir las estructuras para abrir la Puerta Estelar, se debe archivar y mantener en secreto lo de tu viaje al futuro. Debería ser así, pero entiendo la situación, y si tú consideras que se debe construir y abrir nuevamente para evitar esos eventos desastrosos futuros, de mi parte, tienes el visto bueno —continuó—, recuerda que la soberbia del hombre, a veces lo conduce a sus deseos mezquinos y ambiciosos, por tal motivo, posteriormente se tendría que sellar manteniendo su total secreto.

Salomón le expresó a su padre que haría saber su recomendación. Les diría que viene de él, porque todos lo respetaban, por ser el hijo de su bisabuelo Kevin. Ellos conocían los eventos pasados, saben que el Dios vivo estaba permanente con su familia.

—De seguro se tendrá que construir nuevamente la Puerta Estelar para poder viajar nuevamente y evitar los eventos que te he contado, pero no olvidaré la recomendación que me has dado —aseguró Salomón.

Salomón continuó la conversación con su padre, indicándole que debía aprender el idioma a usar en Corea del Norte, porque una de las bombas atómicas había hecho explosión en ese país, tendría que ir con un grupo especializado para neutralizar y desactivar en su totalidad esta bomba atómica.

David estaba impresionado por toda la inteligencia que Salomón le dio a conocer, comprendió que eran terroristas de alta peligrosidad. Salomón le expresó que eran terroristas Kamikazes creados por el grupo radical que pretendían tomar el poder, dejar ver la incapacidad de su líder máximo y de esta forma, dar un golpe de estado. David con gestos de enojo le dijo a Salomón que le parecía que eso era una locura.

En un momento Salomón sintió la molestia de su padre y dijo:

—El poder enloquece a muchas personas y este es un ejemplo de eso. Apuestan a un ganador, pero no saben que el bien se les adelantó a sus intenciones y mantenemos la sorpresa para desmantelar la trama desestabilizadora y destructiva. Aprovecharemos al máximo ese pie de la inteligencia que siempre nuestra inteligencia mantiene adelante y en la dirección correcta.

David le pidió a su hijo Salomón que dejara en esta ocasión, por su seguridad, su anillo, las inscripciones que contenían ese anillo podrían cuestionarlo y podría ser capturado por los terroristas.

—Si los terroristas llegaran a tener conocimiento de la protección que nos brinda la Central de Inteligencia, sería difícil dar entonces con tu ubicación sin mencionar algo más grave, nunca reveles ante ellos tu descendencia —dijo David.

Salomón observó a su padre y en su conversación le dijo que esperaba que los comandantes generales, el señor secretario de defensa y el director de la Central de Inteligencia estuviesen preparando un buen plan y que este fuera aprobado por el señor presidente, convirtiéndolo en una orden de operaciones. Al final exclamó:

—¡Seguiré tu consejo de dejar el anillo padre!

Por otra parte, los embajadores realizaron las coordinaciones solicitadas por el presidente. El señor presidente de los EE. UU. habló de manera telefónica con el mandatario de la República Popular China y posteriormente, con el de Rusia. Les explicó muy superficialmente por medio de sus intérpretes, lo que estaba pasando, dejándoles ver el motivo de la solicitud de las reuniones, y aclaró que, en la reunión del grupo de los ocho, le hablaría más a fondo y en detalle de la situación existente, sin embargo, era necesario que las reuniones solicitadas se realizaran mucho antes de la reunión del grupo de los ocho. Los mandatarios al ver la insistencia de su colega accedieron a las reuniones anticipadas.

El señor presidente le ordenó al señor secretario de defensa que convocara a los demás para darles a conocer los buenos resultados de la diplomacia directa. Este obedeció e hizo las llamadas respectivas comunicando la ordenanza a todos, acordando estar en el punto conocido para la reunión con el señor presidente.

Todos estaban en el salón de reunión, el señor presidente les dio a conocer la respuesta dada por los mandatarios. En forma optimista les dijo que lo que se había planeado se había convertido en la orden de operaciones a seguir.

—¡Señores ha comenzado la operación! —exclamó el señor presidente.

El secretario de defensa realizó con éxito las conexiones necesarias para las futuras reuniones privadas con los mandatarios de los países de interés en la reunión del grupo de los siete.

—En esta reunión reforzaré la inteligencia a los mandatarios que me proporcionarán los equipos de trabajo, los cuales se reunirán con anticipación con mi persona, y con el señor director de la Central de Inteligencia, el comandante del ejército y con Salomón —dijo el señor presidente.

Salomón debía estar en las reuniones que se iban a realizar con los mandatarios, para reafirmar todo lo expuesto en las reuniones con los equipos de trabajo de seguridad nacional de cada uno de ellos. Este les hablaría de la delicada situación, de las acciones que se tenían que tomar y de la necesidad de actuar con rapidez y precisión, minimizando el margen de error. El señor presidente también le haría saber a los mandatarios la razón de la solicitud de las reuniones antes de reunirse con ellos, y también les diría que el tiempo con el que contaban era apremiante.

Los señores comandantes generales y el señor director de la Central de Inteligencia tenían pensado, primeramente, elegir un país y efectuar las diferentes reuniones, pero, decidieron viajar a los países en mención. Esto les daría más confianza y determinación a todo lo que se les iba a plantear.

Con la presencia de Salomón, revelarían la inteligencia obtenida sin dejar al descubierto la fuente que la proporcionó. De esta manera protegerían a Salomón, al Proyecto Secreto Cuantium y a los intérpretes que estarían presentes en las reuniones.

El señor director de la Central de Inteligencia le informó al señor presidente que habían establecido los contactos con los ministros de defensa, comandantes del ejército y jefes de inteligencias de la República Popular China y Rusia.

Estaban preparados para hacerles saber parte de la inteligencia y el plan a seguir.

El señor presidente con seguridad y decisión les dijo que continuaran sin ninguna duda lo que todos en conjunto determinaron, aunque la decisión final la hubiese tomado él.

El señor presidente le agradeció al señor director de la Central de Inteligencia, a la vez le ordenó al señor secretario de defensa que programara otra reunión para unir todos los cabos sueltos y seguir todos en la misma dirección. Le ordenó también que convocara al vicepresidente para que se enterara de lo que estaba sucediendo y conociera que la aprobación la estaba dando el señor presidente de los EE. UU.

~~

CAPÍTULO 4

PLAN DE OPERACIONES ACORDADO

Llegó el día de la reunión programada. Todos los convocados estaban presentes con la intención de oír a groso modo el plan de operaciones que presentaría el director de la Central de Inteligencia y los comandantes generales. El señor director de la Central de Inteligencia solicitó el permiso al señor presidente para darlo a conocer, este no sufriría cambios, solo los tendría la apreciación de inteligencia, porque se estaría actualizando continuamente durante toda la operación. El señor presidente le concedió el permiso para que expusiera el plan de operaciones a todos los asistentes.

El señor director de la Central de Inteligencia le recordó en primera instancia al señor presidente sobre su reunión con el grupo de los siete. El señor secretario de defensa le había dado a conocer la confirmación de las solicitudes de reunión con los mandatarios de la República Popular China y Rusia, las cuales fueron aceptadas. En dicha reunión participarían con el señor presidente, el señor secretario de defensa y Salomón.

Antes de las reuniones con el grupo de los siete tendrían las reuniones con los ministros de defensa, los jefes de inteligencias y los comandantes generales de la República Popular China y Rusia. Aseguró que los mandatarios llevarían inteligencia que le darían sus equipos de trabajo, por lo que la conversación que tendría el señor presidente con los mandatarios, de seguro sería más fluida.

Todo dependía de las reuniones que el señor presidente mantendría con los mandatarios. El director de la Central de Inteligencia manifestó que se le debía dar seguimiento a las otras reuniones establecidas. Si estas eran positivas pondrían el pie en el acelerador, dando a conocer la orden de operaciones, teniendo presente el derecho y la necesidad de estar al tanto de la operación a todos los involucrados en detalle, pero como todo militar y más en esta situación, tendrían un plan alterno en caso de que se recibiera una negación en las reuniones posteriores.

El señor director de la Central de Inteligencia y los comandantes generales le sugirieron al señor presidente que las reuniones con los ministros de defensa, los jefes del Servicio de Inteligencia, incluyendo a los comandantes del ejército de los países de la República Popular China y Rusia, se debían mantener sin interrupción.

Las reuniones se darían en los países nombrados, y ellos estaban dispuestos a realizar los viajes que se tuviesen que hacer. A estos viajes seguirían yendo, el señor secretario de defensa, Salomón, dos intérpretes, una unidad con un alto nivel de entrenamiento antiterrorista y con conocimientos de explosivos, y el señor director de la Central de Inteligencia.

Todo se realizaría como se había empezado, en primera instancia, viajaría el señor secretario de defensa y un intérprete a un país aliado en ruta, este haría una escala para reabastecer la aeronave de combustible, siguiendo posteriormente al aeropuerto que destinara la República Popular de China. Salomón, un intérprete, la Unidad Antiterrorista y el señor director de la Central de Inteligencia viajarían a otro país aliado, reabastecerán la aeronave, continuarían a la República Popular China y aterrizarían en el aeropuerto que determinaran. De igual manera, tenían programados los viajes a Rusia.

Posterior a los viajes a la República Popular China y a Rusia, Salomón debería viajar a Corea del Sur para establecer contacto con un grupo antiterrorista. Con respecto a las bombas atómicas se le informó al señor presidente que habían determinado que el grupo terrorista era suicida, y que ellos protegerían con sus vidas las bombas atómicas para evitar que estas sean desactivadas. Por tal razón, los países involucrados debían intervenir con un grupo antiterrorista experimentado, con un personal desactivador de explosivos y de alto nivel. Los países involucrados de seguro lo tendrían.

Con respecto a Salomón, el país aliado contaba con grupos antiterroristas de ese mismo nivel, se recomendó el uso de armas cortas y silenciosas. Los grupos antiterroristas tenían esa alta preparación con tácticas militares y técnicas de artes marciales para el combate cuerpo a cuerpo, adicional a que los rasgos físicos son idénticos. Se tendría un primer grupo dentro de Corea del Sur, que le daría la seguridad de protección a Salomón a su llegada. El segundo grupo antiterrorista se infiltraría en Corea del Norte con anticipación, posesionándose en forma encubierta en el área de las coordenadas donde los terroristas colocarían la bomba atómica, en ese punto estarían en espera.

Unos misioneros católicos evangelizadores llevarían a Salomón y a su escolta de protección antiterrorista a ese punto. Los misioneros católicos evangelizadores una vez cumplieran su misión, se retirarían del lugar. El grupo antiterrorista infiltrado y Salomón serían los encargados de destruir a la célula terrorista en ese punto para evitar que logren activar la bomba atómica. Cuando el grupo antiterrorista tengan la bomba atómica en su poder, procederán a inhabilitarla por completo para que no pueda ser armada. Posteriormente, deberán trasladarla a un punto establecido quedando a ordenes hasta ser relevados por un tercer grupo antiterrorista. En caso de que Salomón sea capturado por Corea del Norte, el segundo grupo antiterrorista tendría como misión rescatarlo y llevarlo al otro lado de la frontera (a Corea del Sur) uno de los países aliado, quedando el tercer grupo anti-terror en custodia de la bomba atómica hasta tener la confirmación del rescate de Salomón. Esperarían en ese punto la orden a seguir.

El segundo grupo antiterrorista también estaría preparado para dar seguimiento al lugar de destino de Salomón, en caso de ser capturado y de que no pudiesen rescatarlo al instante, salvaguardando su vida y esperando el momento oportuno para rescatarlo lo más rápido posible. Con anticipación tenían designado al equipo dentro del segundo grupo antiterrorista para realizar esta clase de misión. Esto era en caso de que se les presentase tal situación, de no ser así, permanecerían custodiando la bomba atómica inhabilitada en espera del tercer grupo antiterrorista para regresar a Corea del Sur con Salomón. Es posible que este segundo grupo antiterrorista tuviera un fuerte enfrentamiento con los terroristas, existiendo la posibilidad de tener algunas bajas.

La Unidad Antiterrorista que le daría protección a Salomón sería su sombra desde el inicio de esta misión cumpliendo la ordenanza del señor presidente, reduciendo el riesgo de ser abatido o capturado.

El señor director de la Central de Inteligencia reiteró que el tercer grupo antiterrorista se encargaría de proteger la bomba atómica inhabilitada, para que el segundo grupo antiterrorista pudiera conducirse con Salomón al otro lado de la frontera (Corea del Sur). De ser necesario, el tercer grupo antiterrorista lo transportaría a otro punto alterno que tenían contemplado a orden.

Los países involucrados tendrían el conocimiento de su propia misión, no de las otras misiones, pero el inicio de estas estaría sincronizado, pidiéndoles el secreto de la inteligencia proporcionada. Con respecto a las bombas atómicas que se desactivasen en dichos países, serían custodiadas por ellos hasta que finalizara las misiones, posteriormente, ordenarían su desmantelamiento y destrucción total.

La comunicación que establecieron con el Vaticano fue positiva, accedieron a la solicitud de infiltrar a

Salomón en Corea del Norte, por tal motivo, los misioneros católicos evangelizadores entrarían en acción, ya que ellos tenían contacto con personas cristianas en ese país, la solicitud es que lo condujeran de manera segura al punto donde estaba el segundo grupo antiterroristas de Corea del Sur y se agregó la información de que tres de los agentes de la Central de Inteligencia estaban agregados al segundo grupo antiterrorista. Estos establecerían contacto con Salomón y a partir de ese momento le darían a conocer a este, los nuevos detalles de la misión a continuar.

A continuación, el señor secretario de defensa le informó al señor presidente que ya aparecía en su agenda de trabajo su asistencia a la reunión del grupo de los siete, este debía viajar dentro de tres semanas. Estando en el país de la reunión del grupo de los siete, tendría la reunión con los señores mandatarios de República Popular China y Rusia. El señor presidente programó viajar de regreso ese mismo día al finalizar las reuniones, quería amanecer en los EE. UU.

El señor director de la Central de Inteligencia le comunicó al señor presidente que de estar todo en orden en el viaje de regreso, la Central de Inteligencia estaría a la espera de su llegada para informarlo de los últimos detalles, luego viajaría con Salomón a

Corea del Sur para prepararlo el tiempo necesario (para que este se relacionara con el jefe del primer y segundo grupo antiterrorista de Corea del Sur). La meta es que este aprendiera a trabajar en equipo y se integrara al segundo grupo antiterrorista que se mantiene infiltrado en Corea del Norte y parte de sus unidades que se encontraban realizando trabajos rutinarios de inteligencia.

Una vez estuviese preparado Salomón, darían el inicio a la infiltración de Salomón con su escolta antiterrorista. La infiltración sería dirigida por los misioneros católicos evangelizadores, conocedores del área por donde se realizaría la infiltración. Estando en Corea del Norte establecerían contacto con otros misioneros que estaban radicados en esa área, llevando el evangelio de Cristo. Ellos recibirían a Salomón y se encargarían de llevarlo donde se encuentra en su mayoría el segundo grupo antiterrorista. El agente antiterrorista de protección y el propio Salomón se vestirían de misioneros católicos evangelizadores pasar incognitos, y más aún por el físico de Salomón.

Habían determinado tener a ordenes al primer grupo antiterrorista, estos estarían cerca de la salida y posible entrada de Salomón a su regreso, poder darle una protección inmediata.

El grupo antiterrorista actuaría en defensa de Salomón de ser necesario. Los misioneros católicos evangelizadores portarían un teléfono satelital, asegurándose de que el agente antiterrorista y Salomón, lleguen al segundo grupo antiterrorista y estos también estarán a ordenes en el área.

El señor presidente le agradeció al director de la Central de Inteligencia, afirmándole que todo se haría como lo habían planeado. Este tenía conocimiento del apoyo que proporcionaría el Vaticano, y en su momento le daría las gracias al Papa. El señor presidente se dirigió a Salomón:

—¡Conozco al detalle todo lo sucedido anteriormente con tu padre David! También sé de toda la operación que se realizó para volver a tenerlo de regreso. Irás a una misión de mucho riesgo. Recuerda que tu familia te quiere de regreso y esperan no volver a pasar la odisea que pasaron con tu padre para traerlo de vuelta a casa.

El señor presidente le hizo saber a Salomón lo importante que era él para su familia, para la nación y todos los países aliados conocedores de la historia de su padre y en especial de su descendencia. Estos eran suficientes motivos por los que no quería que algo malo sucediera durante la misión.

Se dirigió después al director de la Central de Inteligencia, agradeciéndole una vez más por mantener la ordenanza del agente antiterrorista entrenado para estos casos y le recordó que el agente debía serla sombra de Salomón, y que su misión debía estar centrada en salvaguardar la vida de este.

—¡Es una orden señor y le daré cumplimiento al pie de la letra! —respondió el señor director de la Central de Inteligencia

Se finalizaron todos los detalles en las exposiciones dadas. Los expositores dejaron claro que todo se realizaría de acuerdo con lo plasmado en la orden de operaciones y que era muy importante mantener todo en secreto. El señor presidente al dar por concluida la reunión, les pidió a los presentes que procedieran a sus labores de acuerdo con sus responsabilidades, para cumplir con sus misiones.

—¡Señores la orden está dada! —exclamó.

Trascurrido el tiempo, llegó el momento del viaje del señor presidente, del secretario de defensa, el traductor y de Salomón, para la reunión principal que se daría durante la reunión del grupo de los ocho en Gran Bretaña. Habían esperado con mucha paciencia ese momento, puesto que de ser exitosas las reuniones privadas con los mandatarios de la República Popular China y Rusia, Salomón participaría de otras reuniones y sería trasladado a Corea del Sur.

Con el visto bueno del Vaticano se contactaron a los misioneros que se indicaron. Estos eran misioneros destinados a evangelizar en lugares hostiles, se agregarían al primer grupo antiterrorista asignado para trasladar a Salomón a un punto seguro cercano a la frontera con Corea del Norte. Posteriormente, los misioneros continuarían con el agente antiterrorista y Salomón dentro de Corea del Norte, se lo entregarían al segundo grupo antiterrorista que estaría infiltrado anticipadamente. El traslado de los misioneros, de Salomón y de su agente protector antiterrorista, estaría protegido por unidades del segundo grupo antiterrorista, para así asegurar que el punto del contacto no estuviese comprometido y que todo sea seguro.

Llegó el día de la reunión del grupo de los siete. Esta se inició con éxito. Después se dieron las reuniones programadas con los mandatarios de la República Popular China y Rusia como estaba programado. Los mandatarios agradecieron la generosidad del señor presidente de los EE. UU., por lo que le expresaron que ellos harían lo mismo por su país.

El señor presidente de los EE. UU. se dirigió con seguridad a los mandatarios y les aseguró que la inteligencia proporcionada era de total secreto, les dijo que era importante que trabajaran juntos. Un momento después le pidió a Salomón que transmitiera en detalle la inteligencia que se tenía.

Salomón llevó un mapa de la República Popular China para señalarle una de sus provincias al mandatario, indicándole donde haría explosión una bomba atómica en tres meses.

Este les dio a conocer el día, hora, mes y el año en el que estaban. Les indicó las coordenadas exactas del lugar de la explosión en donde podrían neutralizar a los terroristas antes que activasen la bomba atómica, en caso de que fallasen en los intentos previos de neutralizar a los terroristas en otro lugar.

Salomón hizo énfasis en el grupo terrorista, puesto que estaba altamente entrenado y especializado para realizar este tipo de operación, la cual catalogaban como Kamikaze, en donde morirían en la explosión de lograr hacerlo. De darse el caso de que en una investigación no se encuentre por dónde empezar, todo apuntaría hacia los EE. UU. con el propósito de causar un enfrentamiento entre potencias mundiales, quedando excluida Corea del Norte porque daría mucho que pensar la explosión de una de las bombas atómicas en su propio territorio.

Salomón le aseguró al mandatario de la República Popular China que habían confirmado que el jefe del Servicio de Inteligencia de Corea del Norte, con sus altos mandos, incluyendo mandos medios y políticos, que adversaban en silencio a su líder máximo. Le indicó que tenían programadas acciones en su contra con la intención de que perdiera la popularidad ante sus seguidores por tales eventos, y que estos usarían los medios informativos para llegar a todos los rincones de su país. De esta manera, pensaban deponerlo por su ineficiencia en darle frente a la situación y ellos quedarían como los salvadores de su país.

De darse la explosión de la bomba atómica en Corea del Norte, pondrían al líder máximo como incapaz, lo cual facilitaría la realización de un movimiento para desplazarlo.

En ese instante el señor mandatario de la República Popular China le comunicó a Salomón que ellos también tenían como Inteligencia, que Corea del Norte había creado un grupo secreto a mando del jefe del Servicio de Inteligencia, pero que ellos desconocían el propósito.

Ahora, con toda la inteligencia que Salomón le dio a conocer en detalle, este le expresó al señor presidente de los EE. UU. que entendía las intenciones de que las reuniones se empezaran antes de ellos reunirse. En ese momento él estaba claro que ese grupo terrorista se tenía que neutralizar a toda costa, ya sea dentro o fuera de Corea del Norte.

Salomón teniendo la inteligencia oportuna de donde iban a colocar las bombas atómicas le pidió mucha discreción en toda la Inteligencia proporcionada, para no alertar las aduanas sobre esto, se debía asegurar el lugar y conocer todos los movimientos inusuales del mismo. Se actuaría cuando la última de las tres bombas atómicas fuera colocada, por esta razón, Salomón pidió tener paciencia y serenidad. Debía existir confianza en ellos para dar la voz del inicio del asalto para los tres puntos al unisonó en los diferentes países. Él estaría en la operación a realizarse en Corea del Norte y le había dicho toda la Inteligencia con el consentimiento del señor presidente de los EE. UU. Las células terroristas tenían una sincronización en armar y activar las bombas atómicas en unísono, por tal motivo, la orden de asalto se daría con precisión.

El mandatario de la República Popular China le agradeció al señor presidente de los EE. UU. por la confianza de proporcionarle la inteligencia de las bombas atómicas que se colocarían en su país y en otros países. Se dirigió a Salomón diciéndole que él vio la franqueza en sus ojos cuando le hablaba.

Luego se dirigió nuevamente al señor presidente de los EE. UU. afirmándole que cooperarían en todo, que en su territorio dirigirían la operación permitiéndoles los enlaces y que tomarían en cuenta todas las recomendaciones. Su comandante del ejército mantendría a ordenes sus comandantes generales de las distintas fuerzas. Estos colocarían un satélite monitoreando el lugar. Luego dijo:

—No realizaremos ninguna neutralización de los terroristas hasta la orden del asalto. El grupo antiterrorista que utilicemos será aislado, recibirá reentrenamiento en artes marciales y usará armas cortas y silenciosas. No queremos que ninguno de esos terroristas escape.

El señor presidente de los EE. UU. le aseguró que toda la inteligencia que se adquiera en adelante de lo que han hablado, se lo comunicarían al detalle directamente a todos los involucrados con conocimiento de la orden de operaciones a seguir, para mantener el secreto y la sorpresa.

Salomón hizo énfasis en que al tener la inteligencia oportuna de donde van a colocar la bomba atómica, deberán estar al tanto del cuidado que se deberá tener para no alertar a las aduanas sobre esto, deberán asegurar el lugar y conocer todos los movimientos inusuales para no despertar curiosidad en sus alrededores. Se actuaría cuando la última de las tres bombas atómicas estuviese en el punto señalado y estos comenzaran el proceso de armarla, con la intención que todos los elementos a utilizar estuviesen en el lugar. Se había determinado por las diferencias de horas que los terroristas estaban sincronizados en hacerlas explotar al mismo tiempo.

Salomón indicó que necesitaba la confianza en ellos para dar la voz del inicio del asalto para los tres puntos al unísono. Así mismo, les dijo que él estaría en la operación a realizarse en Corea del Norte y que todo lo dicho anteriormente era con el consentimiento del señor presidente de los EE. UU. En esta ocasión, el señor mandatario de la República Popular China reconociendo la preocupación de Salomón por su insistencia y repetición de algunas inteligencias que fueron dadas a conocer por el mismo, le dice:

—Señor Salomón, tendremos presente todo lo que nos han transmitido. ¡Seremos precisos!

El señor presidente de los EE. UU. le comunicó al señor mandatario de la República Popular China, que una vez terminada la reunión podrían empezar a perfeccionar sus planes y ponerlos en ejecución, manteniendo lo acordado. Le recordó que era de suma importancia que se cumpliera lo acordado para poder tener éxito en las otras operaciones y realizar el asalto sincronizado.

El señor mandatario de la República Popular China le manifestó al señor presidente de los EE. UU., que ellos eran personas de palabra, y que realizarían sus planes y apoyarían las otras operaciones con el asalto sincronizado. Y de la misma manera, como le había manifestado anteriormente a Salomón le expresó:

—¡Seremos precisos!

El señor presidente de los EE. UU. al finalizar la reunión con el señor mandatario de la República Popular China, se reunió a los pocos minutos con el mandatario de Rusia, empezando con la misma metodología anterior. Logró acordar con los rusos que el asalto se realizaría de manera sincronizada. Tenían clara la diferencia de horas que existía entre los países. Después de las reuniones el presidente se comunicó por teléfono con el director de la Central de Inteligencia para notificarle el éxito de las juntas y para que hiciera de conocimiento a los demás. Con muy buen ánimo el director de la Central de Inteligencia le expresó que cumplirían la misión por el futuro de la nación y la humanidad.

Salomón le comunicó al señor presidente antes de salir para Corea del Sur, que toda su familia y en especial su padre, habían orado pidiéndole al Dios vivo Todopoderoso por el éxito de la misión. Le indicó que su padre deseaba hablar con el agente antiterrorista que estaría con él durante la misión, le pidió de ser posible, enviarlo en esos momentos a su casa, puesto que allí se encontraba David.

~~

CAPÍTULO 5

EL AGENTE ANTITERRORISTA Y EL ANILLO DE SALOMÓN

El señor presidente procedió a darle la orden al señor director de la Central de Inteligencia para que el agente antiterrorista fuese conducido a la casa de Salomón para que este pudiese hablar con su padre. Atendiendo la ordenanza del señor presidente, el señor director de la Central de Inteligencia transmitió la orden a la Central de inteligencia y estos de inmediato obedecieron el mandato.

David se encontraba en la casa de su hijo Salomón. Escuchó el timbre de la puerta principal y supo de inmediato que era la persona que estaba esperando. Abrió la puerta de la casa y le dijo a la Unidad Antiterrorista que pasara. Él y su escolta de protección tenían conocimiento de su llegada. David le preguntó:

—¿Es usted el que estará durante toda la distancia con mi hijo Salomón en la misión dentro de Corea del Norte?

—¡Sí, soy yo! —respondió el agente—, yo estaré en

la misión para darle protección a su hijo Salomón. Me reuniré con él en Corea del Sur, este ya está próximo a viajar.

David le confesó al agente antiterrorista que le había pedido a su hijo Salomón que le entregara un anillo, el cual era idéntico al que él tenía en uno de sus dedos de su mano derecha. Este deseaba que el agente llevase a la misión esta prenda, pero, que no fuera visible ante las personas. Le solicitó que lo trasladara tapado y seguro, también le pidió encarecidamente que no lo colocase en su dedo. David quería que en los momentos difíciles el agente antiterrorista le entregara el anillo a Salomón, ya que este estaba santificado y no debía caer en malas manos.

El agente desconocía las propiedades sobrenaturales del anillo y por esa razón, David le dio a conocer algunas manifestaciones internas que este le producía a la persona que lo ostentara, debía ser una persona santificada. Le advirtió que, si personas de mal corazón lo usaban, perderían la cordura, se lo quitarían de sus manos y no soportarían tenerlo ni verlo.

La persona santificada que manifestara ante Dios una oración, esta sería atendida y si tuviera el anillo santificado, doblemente sería escuchada.

David continuó con su ilustración sobre el anillo y exclamó:

—¡Solamente nuestra descendencia puede solicitar a nuestro Dios Todopoderoso su santificación! — continuó mirándolo fijamente—, entrégaselo solo a mi hijo. La razón principal por la cual no he querido que mi hijo lo llevase consigo, es para que su fe en nuestro Dios vivo Todopoderoso crezca, se fortalezca, le abra su corazón y pueda ver a su alrededor anticipadamente cuando él se lo permita. De esa manará lo ungirá como lo hizo conmigo. El anillo es algo material pero pasa a ser especial cuando las personas son santificadas por el Dios vivo Todopoderoso.

David se sintió libre de expresarse, esta vez le habló al agente antiterrorista sobre el profeta Eliseo, un hombre de Dios:

—Un hombre santificado llegó a la casa de una mujer sunamita. La mujer siempre le daba posada, y este le dijo que ella tendría un hijo, a pesar de su avanzada edad para procrear. La mujer dio a luz a un niño. Este creció y de repente, sufrió un fuerte dolor de cabeza y murió. Su madre desesperada lo acostó en la cama que ellos le tenían preparada al profeta Eliseo, para cuando él pasara pudiese descansar. Salió de su casa desesperada a encontrarlo donde estuviese. Cuando lo encontraron se le acercó con lamentos y le hizo saber lo ocurrido abrazando sus pies. Eliseo, desconociendo lo sucedido expresó que el Dios vivo Todopoderoso no le hizo saber el motivo de su pena.

En primera instancia, el profeta Eliseo envió su bastón, de seguro lo enviaría con poder y por algunas otras razones que desconocemos.

A todo esto, el profeta Eliseo al llegar, lo primero que hizo fue orar. Posteriormente hizo otras cosas con el niño y volvió nuevamente a la oración, obteniendo como resultado que el niño se despertara entregándoselo a su madre.

David le dijo al agente antiterrorista que esa era una de las razones por la cual le pidió a su hijo Salomón que dejara el anillo, para que este profundizara en la oración y creciera más en su fe.

—Si se presenta una situación difícil, quiero que le des el anillo oportunamente para apoyarlo. ¡El anillo tiene un poder sobrenatural! —exclamó David quien le entregó luego al agente un escrito del salmo noventa y uno, le pidió que lo leyera en algún momento durante su misión y en momentos difíciles, ya que este lo protegería del peligro.

David se despidió del agente antiterrorista. Él sentía que era hora que este regresara para realizar los preparativos de su misión. En la despedida, David le pidió al agente que le dijera a su hijo Salomón que lo amaba y que lo mantendría en oración, y que lo incluirá a él y a todo el personal empeñado en la misión. El agente antiterrorista le agradeció, manifestándole que tendría presente todo lo que le había dicho y pedido. Este se retiró de la casa de Salomón para reunirse posteriormente con el señor director de la Central de Inteligencia y viajar hacia Corea del Sur.

~~~

CAPÍTULO 6

OPERACIÓN GARRA DE ÁGUILA

El director de la Central de Inteligencia y el agente antiterrorista llegaron a Corea del Sur, estos esperaban la llegada de Salomón juntamente con el jefe del Servicio de Inteligencia surcoreano. En el mismo aeropuerto alejado de la ciudad, minutos después aterrizó otro avión con Salomón. Este fue recibido por el jefe del primer grupo antiterrorista, encargado de darle protección dentro del territorio de Corea del Sur y transportarlo en su momento hasta el punto indicado frontera con Corea del Norte. De igual manera, se encontraba en el lugar el jefe del segundo grupo antiterrorista. Salomón fue trasladado al punto donde establecería el contacto con las personas señaladas dentro de la orden de operaciones. Dentro del territorio de Corea del Sur, Salomón fue llevado a reunirse con el jefe del Servicio de Inteligencia surcoreano, el director de la Central de Inteligencia de los EE. UU. y el agente antiterrorista.

La inteligencia surcoreana tenía todo listo para contactar a Salomón y a su agente antiterrorista con los misioneros católicos evangelizadores en Corea del Sur, encargados de introducirlos en Corea del Norte. Estos también tendrían la protección del segundo grupo desde el inicio (punto de partida) en el cruce de la frontera hacia el territorio norcoreano. Estarían durante todo el movimiento en suelo norcoreano en forma encubierta.

Salomón fue presentado a los misioneros católicos evangelizadores por el jefe del Servicio de Inteligencia surcoreano, estos le transmitieron confianza a Salomón.

Los misioneros le mencionaron que para ellos era un agrado conocerlo e intercambiar palabras con él porque conocían la conexión de su padre con lo divino. Le hicieron saber que habían recibido la orden de la Santa Sede para conducirlo en Corea del Norte hasta que se estableciera el contacto con las personas que él ya debía de saber.

—¡Estoy muy contento de conocerlos también! —exclamó Salomón—, sus misiones permanentes de evangelizar serán recompensadas. Yo soy uno más en el mantenimiento de la Paz, en el camino de hacer todo lo bueno agradable a Dios. La presencia de ustedes me transmite fuerzas para llegar a cumplir la misión.

Los misioneros católicos evangelizadores se sintieron halagados por las palabras de Salomón, respondiéndoles que sabían que sus palabras eran sinceras.

El señor director de la Central de Inteligencia le recordó a Salomón que tres de sus agentes de inteligencia, con otros agentes de inteligencia de Corea del Sur infiltrados en Corea del Norte, se mantendrían a orden durante toda la ruta hasta que establecieran contacto con el segundo grupo antiterrorista en el punto seguro. Al establecer el contacto con el segundo grupo antiterrorista, los misioneros católicos evangélicos se retirarían a realizar labores de evangelización cerca del área con la intención de apoyar de ser necesario.

El segundo grupo antiterrorista tenía como misión asegurar el punto indicado en las coordenadas proporcionadas por Salomón, estos debían neutralizar a los terroristas, inhabilitar y desarmar la bomba atómica, la cual deberá inmediatamente ser trasportada a otro punto establecido, en donde permanecerán dándole seguridad y en espera de órdenes.

El tercer grupo antiterrorista relevaría al segundo grupo antiterrorista, quien tendría como misión custodiar la bomba atómica y estarían en ese punto a orden. El segundo grupo se movilizaría a otro lugar seguro, en donde se encontrarían con los misioneros católicos evangelizadores encargados de llevar de regreso a Corea del Sur a Salomón. Habrá un avión disponible de la Central de Inteligencia de los EE. UU., el cual esperaría para llevarlo de regreso a casa. El segundo grupo antiterrorista una vez que cumpliera su misión, dejaría a Salomón en suelo surcoreano en manos del primer grupo antiterrorista, regresaría al punto donde se encuentre el tercer grupo antiterrorista para dar su apoyo en caso de ser necesario.

El señor director de la Central de Inteligencia se despidió de Salomón, recordándole que este debía tomar todas las medidas de seguridad necesarias en la misión.

Este también le recordó al agente antiterrorista su misión. Con un fuerte abrazo se despidieron y retornaron a los EE. UU.

Durante el vuelo realizó tres llamadas, una al señor presidente de los EE. UU., una al señor secretario de defensa y una al comandante general del ejército. Les informó el inicio de la operación, la cual nombró: "Garra de Águila". "Daremos casa a los terroristas".

Los misioneros católicos evangelizadores prepararon a Salomón y lo vistieron con ropas que los identificaban como cristianos en Corea del Norte. Realizaron evangelizaciones en su camino, las hicieron discretamente para no enfrentar al régimen existente. Poco a poco comenzaron aganar adeptos y cooperaron con ellos.

El jefe de los misioneros le dijo a Salomón que llevara la Biblia y este la tomó en sus manos. La Biblia no debía dejarse en ningún momento durante su movilización en Corea del Norte. Además, esta lo identificaría más aún como un evangelizador y lo respetarían. Una vez establecieran el contacto con los agentes que lo esperaban en el punto señalado, él le debía regresar la Biblia. Todos sus movimientos eran calculados y eran dirigidos hacia lo religioso, de esta manera, se protegían unos a otros. Minutos después le dijeron a Salomón que saldrían en horas tempranas a un punto fronterizo, en donde otro hermano católico los pasaría al otro lado de la frontera.

Cuando Salomón cruzó la frontera a Corea del Norte en compañía de otros misioneros católicos evangelizadores como se había establecido, sintió una pesadez en sus piernas que dificultaban su caminar. Les pidió a sus hermanos católicos que le dieran unos minutos para orar a solas.

Estos le concedieron esos minutos para rezar. Estando a solas abrió la Biblia y buscó el salmo noventa y uno. Lo leyó detenidamente y cerró sus ojos dándole gracias al Dios vivo Todopoderoso. Sintió una brisa fresca en su rostro y una voz que le susurró suavemente a su oído: "*¡Estoy contigo!*" En eso Salomón se levantó y continuó con sus hermanos misioneros al punto señalado.

Estando próximo al lugar, los misioneros católicos evangelizadores se reunieron con Salomón y dieron gracias a Dios todopoderoso por el cuidado que había tenido con todos ellos, y por haber conducido a Salomón sin dificultad alguna. Oraron unos siete minutos y posteriormente se dirigieron al lugar a poca distancia, donde recibirían a Salomón.

Salomón fue recibido por el segundo grupo antiterrorista y este hizo contacto nuevamente con el jefe del grupo. Fue conducido al lugar especificado. El segundo grupo antiterrorista realizó otro reconocimiento muy cuidadoso del lugar, dejando unidades de vigilancia en forma discreta para detectar cualquier movimiento inusual o alguna presencia de los terroristas.

Faltaba un mes aproximadamente para la fecha indicada por Salomón, en la cual harían explosión las bombas atómicas. El segundo grupo antiterrorista le informó a Salomón de un puesto con tres unidades para vigilar el lugar señalado. Establecieron contacto con las tres unidades y dieron un reporte de bastantes movimientos de personas que no eran del lugar.

El aproximado era de nueve y se pudo fotografiar a la mayoría de ellos. Por las contexturas físicas se podía decir que eran personas que hacían constantemente ejercicios fuertes. Tres de ellos entraron al lugar que tenían señalado. Hasta el momento no habían entrado con maletines o carros al lugar. En ese preciso momento el área estaba despejada.

El jefe del grupo antiterrorista se comunicó con las unidades de vigilancia externa solicitando novedades, recibiendo como respuesta que el área externa también estaba despejada.

El jefe del segundo grupo antiterrorista le dijo a Salomón que si deseaba inspeccionar el lugar era el momento. Salomón le agradeció y se dirigió al punto exacto donde los terroristas colocarían la bomba atómica, pidió a los presentes que no tocaran absolutamente nada en el lugar. Pidió al jefe del segundo grupo antiterrorista la colocación de tres cámaras ocultas en lugares estratégicos.

—Salomón, por suerte contamos con tres pares de cámaras tácticas para este tipo de operaciones. Podrá usted visualizar todo el terreno desde un lugar seguro —dijo el jefe del segundo grupo antiterrorista.

Esto permitiría que Salomón se movilizara lo menos posible. Salomón debía estar con la unidad desactivadora de explosivos al momento de realizar el asalto el segundo grupo antiterrorista, concluir con la neutralización total de los terroristas y tener el control de la bomba atómica.

Salomón entró al escenario con la unidad desactivadora de explosivos y deseaba ver el momento del desmantelamiento de la bomba atómica, así como su traslado del área. Era seguro que antes de tener el control de la bomba atómica tendrían que enfrentar al grupo terrorista.

Esta situación sería idéntica en la República Popular China y en Rusia. Existía la posibilidad de que fuese la misma cantidad de personal terrorista trabajando en grupos sincronizados. Dentro de ellos se pudo deducir que estaría el que llevaría el cuerpo de la bomba y otro con la cabeza nuclear. Cuando estas dos partes se unieran un tercero tendría la responsabilidad de activarla (ellos tenían sus escalafones, se podría deducir que el tercero era el jefe de la célula). En caso tal que el principal fallara, lo haría el que le sigue y así sucesivamente. Serían momentos de mucha tensión en ambos lugares.

A dos días de realizar el asalto, el segundo grupo antiterrorista y Salomón hicieron una oración de agradecimiento al Dios vivo Todopoderoso, por haberles entregado al enemigo en sus manos. Salomón continuaba diciendo en su oración en voz baja:

—Mi señor, en visión ordenaste al profeta Jeremías entregarle una espada de oro al rey Judas Macabeos para que venciera a todos sus enemigos, visión que vio durante su oración antes de ir al combate, mi señor para ti sea la gloria.

Los enlaces en los otros países involucrados informaron al centro de operaciones de la Central de Inteligencia que se encontraban listos para realizar el asalto sincronizado. El centro de operaciones de esta misión internacional se encontraba en la Central de Inteligencia de los EE. UU. Estaban esperando la orden de Salomón para realizar el asalto. A la cuenta de tres Salomón realizaría el asalto informando a la República Popular China y a Rusia, para que en ese lapso del conteo fuese ese asalto unísono. Una vez se tuviera la comunicación de Salomón en donde daría el conteo, le darían la autorización de realizarlo inmediatamente en los otros dos grupos antiterrorista en los países antes mencionado.

Llegó el momento de realizar el asalto, ya que todos los terroristas identificados se encontraban en el lugar con dos cajas herméticas. Salomón recibió el anuncio del segundo grupo antiterrorista que estaban listos para realizar el asalto. Salomón se retiró a una esquina y dio gracias a Dios nuevamente diciendo:

—Mi señor, gracias por entregar al enemigo en nuestras manos en el día de hoy, que sea siempre la gloria para ti.

Posteriormente, Salomón llamó a la Central de Inteligencia por un teléfono satelital del segundo grupo antiterrorista y empezó el conteo de tres, al finalizar, todos al unísono realizaron el asalto. Salomón habló con voz firme:

—Los detendremos en tu nombre, ¡la gloria sea siempre para ti mi señor! —Salomón exclamó ese último pronunciamiento con una profunda fe y lágrimas en sus ojos.

Luego de esto oyó que le llamaban. Era una voz penetrante que le hizo vibrar los oídos, como si el tiempo se detuviera en ese mismo momento.

Nuevamente escucha la voz mencionando su nombre:

—¡Salomón, Salomón, Salomón!

—¡Dime mi señor! —respondió Salomón al llamado.

—He mencionado tres veces tu nombre, tres victorias. Sígueme siendo leal, tus hijos, los hijos de tus hijos y todas tus generaciones. Incluyo a los países aliados del bien y del temor de mi nombre, pues también estaré con ellos, entrego hoy en tus manos al enemigo.

—¡Gracias mi señor! —respondió nuevamente.

El asalto fue simultaneo, en donde el combate cuerpo a cuerpo en la República Popular China y en Rusia fue feroz. Los terroristas lucharon hasta ser destruidos en su totalidad, trataron de tomar a uno de ellos como prisionero, pero fue imposible. Hubo varias bajas de los grupos antiterroristas de ambos países, sin embargo, lograron evitar que los terroristas activaran las bombas atómicas, estas se inhabilitaron por completo. En el combate de los grupos antiterroristas de la República Popular China y Rusia tuvieron que emplear todos sus conocimientos de táctica y técnicas llegando al punto del combate cuerpo a cuerpo. Les fue difícil pero no imposible la destrucción de los terroristas, por tal acción, cada país plantó una bandera de su país como un símbolo en donde sus países demostraban el rechazo a los actos terroristas, abogando por el mantenimiento de la Paz. Mantendrían la toma del objetivo hasta que la misión en Corea del Norte finalizara con éxito y Salomón estuviese en Corea del Sur sano y salvo.

Los satélites especializados para rastrear altas radiaciones no podían detectar la cabeza nuclear porque la tenían en una caja de nueve centímetros de espesor de corcho, un material sencillo pero eficaz, al cual le agregaron otro material aislante desconocido, lo mismo pasaba con la otra caja con el cuerpo de la bomba, por tal motivo, no podían ser detectadas.

El combate contra los terroristas en Corea del Norte, donde se encontraba Salomón fue más violento, ya que estos contaban con armas de fuego y la utilizaron en su defensa. El segundo grupo antiterrorista de Salomón también contaba con armas cortas que les proporcionaron otros agentes de inteligencia de Corea del Sur infiltrados en Corea del Norte, específicamente para eso. También tuvieron bajas, pero al final lograron destruirlos. De seguro alguno de ellos logró realizar una llamada por radio y dio aviso del asalto en contra de ellos a su jefe inmediato.

Salomón pidió a los agentes que tomaran la cabeza nuclear desarmada y el cuerpo de la bomba atómica, también desmantelado e inservible, y las llevaran al lugar seguro establecido para custodiarlas.

El jefe del segundo grupo antiterrorista se movilizó con la bomba atómica desmantelada al lugar establecido y el agente antiterrorista de igual manera se movilizó con Salomón y un equipo antiterrorista que le había asignado el jefe del segundo grupo antiterrorista, para garantizar la seguridad de Salomón, el cual se movilizaría por otra ruta que establecieron, para dirigirse al lugar donde serían recibidos por el segundo grupo antiterrorista que se encontraba infiltrado anticipadamente y el resto que llegarían con la bomba atómica desactivada e inutilizada.

El segundo grupo antiterrorista, ya en el punto seguro con la bomba atómica, establecieron el contacto con el tercer grupo antiterrorista, quien sería el encargado de custodiar la bomba atómica desmantelada y permanecerían en el lugar a órdenes.

Este grupo se mantendría a ordenes en espera del agente antiterrorista y Salomón en el mismo punto para apoyar la evacuación de ellos a Corea del Sur, asegurando la ruta acordada. De darse la evacuación sin novedad se trasladarían a otro punto cercano y permanecerían en ese lugar a órdenes para dar apoyo al tercer grupo antiterrorista, en caso de solicitarlo. En el lugar donde se encontraba el segundo grupo antiterrorista llegarían los misioneros católicos evangelizadores encargados de llevar al agente antiterrorista con Salomón a Corea del Sur, utilizando el mismo sistema empleado al principio.

~~~

CAPÍTULO 7

LA CAPTURA DE SALOMÓN

En el trayecto al punto de reunión, el equipo del segundo grupo antiterrorista que proporcionaba la seguridad en la movilización del agente antiterrorista y Salomón, fueron interceptados por unidades especiales de Corea del Norte, este era muy superior en unidades.

En el fuerte enfrentamiento los agentes que acompañaban a Salomón fueron cayendo abatidos, incluyendo el agente anti-terror encargado de la seguridad de Salomón. Cuando Salomón estaba tendido en el suelo quiso levantar su cabeza, pero se dio cuenta que tenía un soldado norcoreano apuntándolo. Entendió que era inútil en ese momento defenderse.

Salomón levantó las manos para hacerle saber que estaba desarmado. Al instante apareció el jefe de los soldados ordenando que lo esposaran y lo llevaran a uno de los vehículos militares que se encontraban en el lugar.

Salomón fue conducido encapuchado para que no pudiera ver hacia donde lo trasladaban.

Durante el recorrido el jefe de los soldados que capturaron a Salomón llamó por radio a su superior, informando el enfrentamiento y los resultados. En el registro de los caídos solo tenían en su poder el armamento de dotación que un soldado de una unidad especial poseía. El encargado al recibir la información la transmitió al jefe del Servicio de Inteligencia Norcoreano, recibiendo como orden que lo llevaran a la prisión cercana, al lugar para personas de alto perfil a órdenes de este.

Al llegar a la prisión Salomón fue recibido por el encargado que lo condujo por el lugar, en eso con una llave abrió una puerta de hierro y lo llevó personalmente a una celda.

Al llegar a esta le puso un grillete en su pie derecho, este estaba unido a una cadena con una extensión de aproximadamente tres metros, asegurada con una argolla en la pared. Cuando el encargado de la prisión le quitó la capucha a Salomón, este pudo darse cuenta del lugar. Observó el rostro del encargado de la prisión, el cual le dijo que todos los que habían llegado a esa celda misteriosamente se dormían y no despertaban.

Salomón se encontraba solo en la celda. Se puso de rodillas y clamó a Dios todopoderoso, haciéndole saber en su oración su agradecimiento por haber impedido la activación de la bomba atómica y la destrucción de los terroristas, pero a la vez sentía tristeza por la muerte de sus compañeros, entre ellos el agente antiterrorista. Le pidió fuerzas para seguir adelante y le expresó en su oración que lo mirara en la situación que se encontraba. Le solicitó que no tardara y que llegara pronto en su auxilio, que lo cubriera con su manto y que sus manos le guardaran del enemigo, rindiéndose al señor le expresó que se los entregaba a él y que fuera su voluntad.

Los resultados del asalto en la República Popular China y Rusia fueron exitosos, logrando destruir a todos los terroristas detectados. El nuevo presidente de los EE. UU. dio seguimiento a la misión y le hizo saber los resultados al presidente saliente, quien agradeció su gesto y le pidió que dieran lo más rápido posible con Salomón y que cuando lo trajeran a casa nuevamente, le dieran su saludo. El nuevo presidente de los EE. UU. le afirmó que de traerlo a casa con gusto le darían el saludo.

Salomón y toda su familia tenían un chip incorporado bien oculto dentro de la piel, en estos momentos el chip estaba activado, pero no mandaba su posición. Este debía estar en un lugar que interfería en la recepción de su posición.

El nuevo presidente de los EE. UU., con su secretario de defensa, director de la Central de Inteligencia y el comandante general del ejército les pidieron a sus colegas mantener la misión en secreto, mientras se hacían todos los esfuerzos necesarios para recuperar a Salomón y finalizar el asalto. Era evidente que mientras Salomón estuviese en manos del enemigo, no se concluiría con la misión, ahora el objetivo final era Salomón. Este dio la orden a todo su equipo involucrado en la misión desde el principio, indicándole a su director de la Central de Inteligencia, que realizara todos los esfuerzos necesarios para ganar tiempo, evitando la fuga de información.

El señor director de la Central de Inteligencia le informó al señor presidente de los EE. UU. que realizarían una propaganda de manera interna en Corea del Norte, con la intención de despertar el interés dentro de la población de querer saber si es verdad o no de la existencia de un plan del gobierno para deponer a su líder máximo. La finalidad era hacer saber del plan maquiavélico sin mencionar a los involucrados, de acuerdo con la inteligencia obtenida. Si nada pasaba era que todos sabían y si por el contrario sucedía algo, era porque querían dar un golpe de estado y tendrían que rendir cuenta los involucrados. Todo esto traería preocupación a su líder máximo, de esta manera se enfriaría cualquier acción que se quisiera tomar en contra Salomón en ese momento.

Si Salomón regresaba a casa, el líder máximo de Corea del Norte tendría que realizar correctivos positivos y estaría obligado a dar una explicación de lo sucedido, por el descontrol de las bombas atómicas, poniendo en peligro la Paz mundial. También se le exigiría realizar una investigación exhaustiva a su gobierno. Una vez que las potencias mundiales se enteraran de lo sucedido y de lo catastrófico que podía ser, con seguridad se reunirían y tomarían acciones para fortalecer los controles de no proliferación de bombas atómicas.

Salomón fue vestido con un overol color naranja por uno de los enviados del jefe del Servicio de Inteligencia Norcoreana, al parecer era el entrenador de los grupos terroristas que fueron abatidos en el intento de hacer explotar las bombas atómicas. Este comenzó a realizarle un interrogatorio a Salomón. Algunas de sus preguntas frecuentes eran el cómo sabían de las bombas atómicas y quién les había dado la información. Salomón entendía muy poco, pero le contestó en inglés que no comprendía lo que este estaba diciendo. El terrorista le dijo que le realizaría las preguntas en inglés.

El terrorista procedió y al no recibir información de Salomón, lo comenzó a golpear fuertemente hasta dejarlo mal herido en el suelo. Para finalizar, le dio otro golpe en uno de sus costados. Salomón, adolorido y quejumbroso por los golpes, escuchó que al torturador decir que vendría otro día y le haría las mismas preguntas, afirmándole:

—¡Claro que vendré y espero que estés listo para hablar!

Salomón fue torturado constantemente, pero este no dio información alguna. Se mantuvo en silencio y en oración permanente. Fue dejado por su interrogador, quien dio órdenes precisas al jefe de la cárcel:

—Mantengan vivo al prisionero y aliméntenlo, porque tiene mucho que decirme. En caso de que quiera hablar háganmelo saber inmediatamente.

Estando a solas, el jefe de la cárcel le manifestó a Salomón que él desconocía quién era, pero que tendría que comer, aunque no quisiera, porque no quería problemas con el que estaba a cargo de hacerle hablar. El jefe de la cárcel se lo dijo en su idioma norcoreano, sin saber que Salomón lo entendía bastante bien. Salomón estaba maltrecho luego de los interrogatorios que le habían hecho con bastante violencia y sin resultado alguno. Se reincorporó dando unos pasos al frente hacia la puerta, por suerte, la cadena era lo suficientemente extensa para llegar hasta ella. Observó que había otras celdas y en una de ellas se encontraba una persona con grillete en su pie derecho, esta no podía moverse por la debilidad de los maltratos recibidos antes de su llegada. Pasaron algunas semanas y Salomón seguía en su celda sin tener certeza del lugar donde lo tenían. La otra persona estaba todavía resentida por los maltratos recibidos que, de seguro, eran por los interrogatorios que le habían estado haciendo.

David se comunicó con el nuevo director de la Central de Inteligencia para tener noticias de su hijo Salomón, manteniendo el optimismo que todo estuviese bien. El nuevo director de la Central de Inteligencia de los EE. UU. ya tenía conocimiento de David y de la misión que tenía la Central de Inteligencia de darle protección permanente a él y a toda su descendencia. Este contestó la inquietud de David:

—La misión procedía con éxito, Salomón estableció contacto con el segundo grupo antiterrorista, encargados de protegerlo y entregarlo sano en el punto establecido a los misioneros católicos evangelizadores, quienes se encargarían de trasladarlo a la frontera de Corea del Sur. Luego fue interceptado el grupo que lo acompañaba en donde murieron todos, quedando solamente él antes de establecer el contacto con el segundo grupo antiterrorista. Desde ese momento perdieron su ubicación. Se desconoce dónde lo tienen, pero tenemos vigilada por satélite una prisión cercana al lugar donde fueron interceptados. La prisión está siendo vigilada por recomendación de los misioneros católicos evangelizadores, mientras nosotros realizamos trabajos de búsqueda de información de esa prisión —continuó—, en caso de que se confirme que se encuentra en esa prisión pondremos en ejecución una misión de rescate. De tener la confirmación de que allí se encuentra Salomón, nos lo informarán.

Antes de realizar la misión de rescate, el director de la Central de Inteligencia entrante siguió conversando con David, indicándole que se tenía un dron a gran altura equipado las veinticuatro horas sobrevolando el lugar. Del mismo modo, le hizo saber que ellos quisieran contar con su presencia en el puesto de mando para darle seguimiento a la misión de rescate, y para que este conociera todos los detalles y eventos de manera instantánea.

David le agradeció y le dijo que estaba disponible a toda hora. Mientras tanto, Salomón estaba tratando de comunicarse con el otro prisionero con el poco conocimiento del idioma norcoreano que tenía, pero, le era infructuoso. Salomón le pidió con señas al carcelero que le consiguiera un lápiz y hojas de papel para poder entretenerse escribiendo. El carcelero le consultó a su jefe y este procedió a realizar una llamada a un terrorista por medio de un radio. Este último autorizó su solicitud.

Cuando el carcelero le fue a llevar una de sus comidas, le llevo el lápiz y las hojas de papel. Salomón con un gesto le agradeció. Este necesitaba el lápiz y las hojas de papel para escribir su plegaria diaria al Dios vivo Todopoderoso. Quería escribirlas para no repetirlas y dedicarle una nueva cada día, las escribiría en un momento de inspiración y después las recitaría.

Los países involucrados en esta misión habían mantenido el secreto para salvaguardar la vida de Salomón y esperaban pacientemente.

Salomón fue tomando un poco de confianza con el carcelero, haciéndole ver que desconocía mucho el idioma, que lo entendía un poco, mas no lo hablaba. El carcelero le hizo saber que su torturador es instructor de gente muy mala y que tenía mucha influencia con el jefe del Servicio de Inteligencia. Salomón en su análisis del carcelero, se dio cuenta que este cumple con su trabajo sin preguntar otras cosas. Analizó también lo que le dijo, y de ser cierto, era una conspiración interna a mando del jefe del Servicio de Inteligencia de Corea del Norte.

El jefe del Servicio de Inteligencia Norcoreana se reunió con el instructor de los terroristas, dándole a conocer que todos los involucrados estaban nerviosos. Indicó que el prisionero que tenían debía saber mucho sobre las bombas atómicas que no habían explotado en la República Popular China y Rusia, así como la que tenía que hacer explosión en su territorio. Con esa reunión y expresión dio a entender que era una conspiración interna con daños colaterales.

Salomón recibió nuevamente la visita del instructor terrorista, torturándolo fuertemente y sin recibir respuestas a sus preguntas. El torturador observó los escritos de Salomón y no le tomó importancia. Quedando tendido en el piso de su celda y antes de retirarse su torturador, este le dijo que la próxima vez sería más exigente. Salomón confirmó la información que le había dado el carcelero a través de las preguntas que el instructor terrorista le hacía.

Al otro día llegó el carcelero y vio el estado de Salomón. Este se conmovió un poco, tal vez porque al otro preso no lo habían tratado de esa manera. El carcelero llamó repetidas veces a Salomón para que tratara de reincorporarse y recibiera la comida que le había traído y para que mantuviera sus fuerzas. Salomón lo escuchó e hizo el esfuerzo para reincorporarse y tomar la comida. El carcelero se retiró porque tenía prohibido hablar con los presos y no quería que lo sorprendieran haciéndolo.

El señor presidente de los EE. UU. convocó al secretario de defensa, director de la Central de Inteligencia, comandante general del ejército y al comandante general de la base militar para que todos tuvieran conocimiento de lo que estaba pasando. Habían pasado dos meses, por tal motivo, se debía replantear el caso de Salomón.

—Señores los he reunido nuevamente y ustedes ya saben el motivo. No sabemos nada de Salomón, no han ubicado su posición, el satélite tampoco ha detectado señal alguna y por eso, no sabemos si está vivo o muerto. Es necesario que establezcamos reuniones con los ministros de defensas y jefe de los Servicios de Inteligencia de la República Popular China y de Rusia, para informarles que la localización de Salomón ha sido infructuosa. Debemos solicitar un poco más de tiempo. Del mismo modo, siempre recibiremos con agrado cualquier información que venga de los agentes de inteligencia infiltrados en Corea del Norte.

El señor secretario de defensa, el director de la Central de Inteligencia y el comandante general del ejército establecieron la comunicación y viajaron a los países con los cuales habían establecido reunión, antes de la misión para solicitarles lo indicado por el señor presidente de los EE. UU. Todos se mostraron anuentes a cooperar.

Estos ya habían dado las órdenes a sus agentes de Inteligencia para que trataran de ubicar la posición de Salomón. Les dieron la información de la prisión donde supuestamente tenían a Salomón, la prisión era hermética y se desconocía la cantidad de personal laborando allí. La tenían vigilada por satélite y no se había detectado movimiento alguno. Los misioneros católicos evangelizadores se encontraban cerca del lugar tratando de averiguar o entrar de alguna manera en busca de esa información que necesitaban. A su regreso se reunieron con el señor presidente de los EE. UU., le hicieron saber el gran apoyo y agradecimiento de los países en mención. Estos esperarían el tiempo que le solicitaran y mantendrían su discreción. Ellos deseaban que Salomón regresara a su país.

Estas palabras llenaron de ánimo al señor presidente, les pidió que al saber de Salomón le informaran a su padre David y que fuese conducido nuevamente al puesto de mando en la Central de Inteligencia.

Las fuerzas de Salomón iban desmejorándose por el poco alimento que recibía. Fue visitado nuevamente en horas nocturnas por el instructor terrorista y esta vez, el interrogatorio fue un poco más fuerte. El terrorista empezó a usar la noche para llegar a la prisión utilizando un túnel secreto. El túnel era de aproximadamente de unos cincuenta a ciento diez metros que lo conducía directamente donde tenían a Salomón.

Los agentes de inteligencia y los misioneros católicos evangelizadores que se encontraban vigilando la prisión, no veían entrar ni salir a ninguna persona ajena a la prisión, estos desconocían de esa entrada. Salomón escribió todos los días una plegaria a Dios Todopoderoso y en horas de la noche cuando todo permanecía en silencio, se arrodillaba y levantaba las manos al señor con la cabeza hacia abajo leyendo la plegaria con la poca luz que tenía. Al finalizar de leer continuaba orando fervorosamente y sin saber se quedaba dormido. Su padre también lo hacía constantemente.

David se enfermó de manera grave repentinamente y solicitó ver al señor presidente. Le hicieron saber al señor presidente entrante, al presidente saliente y a los más cercanos que conocían a David para que estuvieran presentes con él. Cuando todos estaban presentes, se reunieron con David. Este les agradeció a todos su presencia y el apoyo que siempre le habían dado a él y a toda su familia. Con una voz un poco quebradiza le preguntó con respeto al señor presidente entrante de los EE. UU. si sabía algo de su hijo Salomón. La respuesta del señor presidente fue sincera, indicándole que aún desconocían su paradero, y que, de localizarlo, se lo harían saber de inmediato como le habían dicho anteriormente. David le dio las gracias por darle una respuesta sincera.

Minutos después, David le hizo saber al señor presidente entrante y saliente, que le quedaba poco tiempo de vida, expresándoles en su debilidad que no volvería a ver a su hijo porque estaba próximo a su descanso.

Estaba esperando el llamado del Dios vivo Todopoderoso, este le dio a conocer que es uno de los suyos. David quería que le dijeran eso a Salomón a su regreso, aseguró que este entendería y que su corazón estaría tranquilo. Luego exclamó:

—¡Hagan y busquen lo bueno, sean humildes, es mejor dar que recibir, tengan fe que mi hijo regresará!

En eso David cerró los ojos y dejó de respirar. Su rostro reflejaba alegría. Todos consternados por la pérdida de David y dolidos por no tener en esos momentos a Salomón.

Salomón, sin saber lo que estaba pasando con su padre, ese día y a la misma hora del deceso de David, sintió una tristeza interna que lo hizo lagrimear y le expresó al señor que le diera fuerza a su espíritu porque se había entristecido repentinamente. Continuó dirigiéndose al Dios vivo Todopoderoso, indicándole que él era el señor dueño del poder, la sabiduría y la gloria. Pidió que reanimara su espíritu y no permitiera que sus enemigos se enaltecieran sobre él. Le exclamó una vez más pidiéndole fuerzas para soportar y mantener sus esperanzas en él.

Salomón logró comunicarse con el otro prisionero, este tomó confianza y le habló en inglés. Salomón al oírlo hablar en este idioma se emocionó y entabló una conversación. Este se dio cuenta que ese otro prisionero era el agente de la Central de Inteligencia con quien había perdido contacto. No se lo hizo saber, solo le dijo que no perdiera las esperanzas.

El agente antiterrorista que tenía la misión de darle protección a Salomón fue impactado con un disparo en el pecho. Este sobrevivió al impacto del proyectil gracias al anillo de Salomón que tenía colgado en su cuello. Este pudo recuperarse a tiempo y aturdido por el impacto, logró alejarse del lugar, ya que después los atacantes con el mismo vehículo que se llevaron a Salomón, recogieron los cuerpos y limpiaron el área.

El agente antiterrorista siguió moviéndose en la dirección en que se llevaron a Salomón. Se encontraba sin comunicación alguna y tratando de pasar desapercibido, tuvo la gran suerte de ser atendido por una familia muy humilde que lo vieron muy mal y en un lugar no muy agradable por algunos malos olores. Los miembros de esta familia lo llevaron a su humilde casa, proporcionándole agua y ropa, pero al ver su pectoral amoratado le prepararon una sustancia medicinal cubriéndolo con un vendaje. El señor humilde le preguntó si él se encontraba en un lugar donde murieron unas personas por el ejército. El agente antiterrorista le contestó que sí, y dándole gracias a Dios pudo recuperarse antes que unidades del ejército recuperaran los cuerpos de ellos y de sus compañeros que habían caído en el enfrentamiento. Otra pregunta del señor humilde fue que cómo él se había escapado, ya que él había logrado ver desde lejos lo que pasaba. El agente le contestó que un proyectil había sido dirigido hacia él, pero lo recibió un anillo que llevaba colgado en su cuello. El impacto fue tan fuerte que quedó aturdido con un fuerte dolor en el musculo pectoral. Luego le dijo y preguntó:

—Pude reincorporarme y salir del lugar antes de que llegaran las unidades del ejército a recuperar a los caídos de ellos y a mis compañeros. ¿Usted por casualidad llegó a ver cuándo el ejército se llevó a una persona en un vehículo?

—Sí, vi con mi esposa cuando subían a una persona encapuchada en un vehículo sin insignias. Los que iban en él estaban uniformados, el vehículo nos pasó cerca y venía del lugar de los disparos. Pasó muy cerca, por eso le puedo afirmar que llevaban una persona encapuchada—respondió y continuó hablando el señor humilde—. La dirección que siguieron es hacia una prisión que está a unos tres kilómetros de distancia. ¡Él que entra ahí no sale más! Los que allí trabajan, entran, pero no se les ve salir. Esa prisión es algo misteriosa. De los que viven por ese lugar, nadie pasa cerca por temor a ser capturado y no poder salir más.

Este hombre humilde le confesó que no estaba de acuerdo con el sistema en su país, pero tampoco quería que los atacaran con bombas atómicas en caso de un conflicto. Conocía de la situación en que se encontraba su país, pero que solo les decían que en caso de ser invadidos o atacados debían defender a su país hasta la muerte hasta volverla a ver libre. Aseguró que por su familia la defendería, no por la forma de mandar de su gobierno, sino por los principios que le fueron inculcados por sus padres. Él deseaba más Libertad, Paz y Tranquilidad.

El agente por la franqueza del hombre humilde que lo había ayudado, le contó que esa persona que llevaban en el vehículo encapuchado era muy importante para él y que necesitaba rescatarlo y llevarlo a un punto establecido. Se percató que el señor humilde conocía muy bien esa zona, pidiéndole que de ser posible lo llevara lo más cerca de la prisión, que se lo agradecería por siempre. El señor humilde vio en el agente anti-terror una buena persona y le hizo saber que aceptaría ayudarlo, también le dijo que primero tenía que recuperar las fuerzas y sanarse del gran impacto del proyectil.

El agente le enseñó el anillo partido en dos, diciéndole que ese anillo era de la persona que quería rescatar, preguntándole a la vez si este era católico. La respuesta del señor humilde fue positiva, confesándole que había sido evangelizado por unos misioneros que constantemente estaban por ahí. El agente antiterrorista se alegró mucho y le preguntó:

—¿Cómo puedo ubicar a los misioneros?

—Es un poco difícil porque ellos no tienen lugar fijo, hoy están aquí, mañana en otro lugar. Lo hacen por temor a cualquier represalia por estar evangelizando. Pero mientras usted se recupera, saldré para tratar de encontrar alguno de ellos y traerlo a casa. He depositado mi confianza en ellos porque son buenas personas —le contestó el señor humilde.

Salomón estaba maltratado y adolorido por los interrogatorios, este se quedó profundamente dormido y tuvo un sueño en donde él estaba en su habitación y oyó aquella voz que le era conocida que le decía que se quedara quieto en el lugar donde estaba. La voz le aseguraba que en ese lugar caería un rayo luminoso de color azul. Salomón hizo caso y se quedó a esperar el rayo azul, y en ese instante, un rayo de color azul lo cubrió y este cerró sus ojos dando gracias a Dios vivo Todopoderoso. Sintió luego un líquido espeso que le caía en la cabeza y le cubría el rostro. Cuando se tocó el rostro con sus manos pensó que era sangre por su color rojizo, pero al fijarse bien, era aceite. Salomón dio gracias al señor por ungirlo con aceite y permitirle ser uno de sus hijos favoritos. Al despertar se arrodilló y con lágrimas en sus ojos dijo:

—Gracias por acordarte de mí Señor, siempre me tienes presente y en ti seguiré esperando.

Le pidió una vez más que le siguiera dando fuerzas para fortalecer su fe en él, y que, aunque estuviese a punto de ir al seol no perdería nunca su fe. En eso tomó el papel donde había escrito la plegaria de ese día y comenzó a leerla fervientemente.

Al finalizar, trató dentro de su incomodidad, aco-modarse para descansar. Salomón no desmayaba en leer sus plegarias, ya que estas lo confortaban y le hacían sentir un acercamiento a Dios Todopoderoso, eran una manera de saber su estado y a la vez pedía su auxilio. Salomón también en su cautiverio pensa-ba y oraba por toda su familia, sabía que ellos esta-ban orando por él.

Los misioneros católicos evangelizadores se encon-traban cerca de donde estaba el agente antiterrorista. Estos se encontraban visitando a las personas que habían evangelizado para preguntarles si habían vis-to al ejército realizar actividades inusuales en el área, recibiendo como respuesta que no habían notado actividades del ejército en esa área. En un lugar no muy lejos de donde ellos se encontraban evangelizando, hubo presencia del ejército, evitando toparse con algún informante del Servicio de Inteligencia norcoreano y dificultando la búsqueda de Salomón.

Los misioneros católicos evangelizadores continuaron buscando información, de repente, llegaron a la casa del señor humilde en donde se encontraba el agente anti-terror. Estos se conmovieron cuando la persona evangelizada se los presentó. El agente antiterrorista comprendió que el señor era un hombre humilde pero evangelizado. Los misioneros lo abrazaron y le pidieron que les contara lo que había sucedido con Salomón. El agente le contó en detalle lo que sucedió y les hizo saber que Salomón fue llevado por el ejército en un vehículo civil, el cual vio partir y aseguró que el nuevo amigo evangelizado también vio cuando lo llevaban en el mismo vehículo encapuchado. El señor humilde evangelizado les confirmó que el vehículo iba en dirección a una prisión no muy lejos de donde ellos se encontraban y que esta mantenía una fuerte vigilancia. Más adelante, el señor humilde evangelizado expresó que había obtenido información de un amigo, al cual le había hablado del evangelio y que quería reunirse más a menudo con ellos para saber más del Dios vivo To-dopoderoso. Indicó que ese amigo vivía cerca de la prisión a la cual hacían mención y que podría llevar-los. Todos se observaron y coincidieron que era la persona más indicada para preguntarle sobre la prisión, este hombre debería saber todo y quizás cono-cía hasta su interior. No perdieron tiempo para po-nerse de acuerdo en visitar a ese amigo evangeliza-do y obtener esa información de la prisión.

El agente anti-terror estaba recuperado de su dolen-cia pectoral y en capacidad de continuar su misión. Estaban reunidos para planear el movimiento hacia la casa del amigo evangelizado y para posteriormen-te, contactar a los otros misioneros católicos evange-lizados y agentes de inteligencias infiltrados que se encontraban vigilando la prisión. El trayecto era riesgoso, podrían tener un sistema de vigilancia con informantes lo que acabaría con la posibilidad de penetrar la cárcel y confirmar la presencia de Salo-món en ella. Primeramente, tendrían que recibir toda la información posible del amigo evangelizado a vi-sitar. El plan para realizar un movimiento tenía que ser preciso para evitar ser detectados, tenían que ha-cerlo suponiendo que todo estaba vigilado para to-mar todas las medidas necesarias y no cometer erro-res.

El plan que acordaron era que el señor humilde evangelizado y un misionero evangelizador se moverían primeramente a la casa del amigo evangelizado. Al tener toda la información del lugar y de poderse movilizar todos a dicha casa, se confeccionaría otro plan para entrar y rescatar a Salomón, en caso de confirmarse que estuviese en esa prisión. De estar en esa prisión tendrían que pensar en el movimiento hacia el lugar donde se encontraba el segundo grupo antiterrorista con agentes de la Central de Inteligencia, que aún mantenían como misión trasladar lo más rápido posible a Salomón al otro lado de la frontera, al lado de la fuerza amiga que es Corea del Sur.

Salieron hacia la casa del amigo evangelizado, tomando todas las precauciones por estar en un área muy sensitiva. El señor humilde evangelizado actuaba como las personas del área, contaba con mucha experiencia. La movilización fue sin contratiempo a la casa del amigo evangelizado. Al llegar, tocaron la puerta y fue este quien abrió la misma. Al ver el amigo evangelizado que una de las personas era conocida los hizo pasar a su casa. Dentro de la casa se entabló la conversación con el amigo evangelizado, el cual se mostró anuente a cooperar y contestar todas las preguntas.

El amigo evangelizado preguntó que cuál era el interés de saber en detalle sobre la prisión. Esa pregunta se la contestó el agente antiterrorista, diciéndole que supuestamente tenían a un amigo de ellos en esa prisión. El interés mayor era saber si este estaba allí, y de estarlo, el otro interés era rescatarlo. Continuó diciéndole que él se encontraba cerca de la prisión y que era la única persona en quien ellos podían confiar en estos momentos. Definitivamente necesitaban de su apoyo.

El amigo evangelizado notó en ellos mucha preocupación. Este les afirmó que fue trabajador en la prisión por varios años, y que se habían realizado algunas cosas de las cuales iban en contra de sus creencias. Aseguró que había tomado la decisión acertada porque ahora conocía a un amigo que se llamaba Jesús. No le fue fácil dejar el trabajo, redujo su alimentación a una porción mínima para perder peso para posteriormente fingir que estaba enfermo de los pulmones. El encargado vio que había perdido mucho peso y al oírlo toser continuamente, decidió retirarlo del trabajo. Fue vigilado por mucho tiempo y repentinamente le realizaban visitas inesperadas hasta que lo dejaron tranquilo.

La entrada principal a la prisión estaba muy custodiada, sin embargo, existía otra entrada secreta que solo era usada por los Servicios de Inteligencia, el hombre tenía entendido que esa prisión estaba a órdenes de ellos. Cuando no había ningún alto jefe allí, ese lugar se mantenía despejado para disimular, pero, cuando había uno de ellos, ese lugar estaba asegurado facilitándoles la entrada y salida por ser altos jefes.

El misionero evangelizador le pidió al amigo evangelizado que les mostrara esa otra entrada. Este les hizo saber que esa entrada no era por un costado de sus murallas, sino a través de una casa que tenían y que era cuidada por tres guardias de seguridad de la prisión, los cuales eran relevados cada tres horas. Siempre estaba uno vestido de civil y con arma corta entre su ropa. Solo abrían los de adentro cuando el de afuera tocaba, luego se daban un número, el cual tenían que decirlo correctamente para que ellos pudiesen abrir, y de no darlo correctamente hacían un llamado por radio para informar la novedad y automáticamente llegaban otros guardias de la prisión bien armados.

El misionero evangelizador impresionado por lo que había escuchado le preguntó al amigo evangelizado:

—¿Cómo sabes todo esto?

—Mi trabajo en la prisión era cuidar esa entrada por la parte de adentro. Podía ver entrar personas caminando encapuchadas y en ocasiones sacaban algunas bolsas negras entre tres, pero nunca pude ver si eran personas que llevaban dentro de ellas —respondió el amigo evangelizado de manera contundente.

Este ex trabajador de la prisión continuó confesando que durante su turno no vio salir a ninguna de las personas que entraban encapuchadas, quizás en otros turnos lo hacían, pero no en los turnos que realizó estando en ese trabajo. Indicó que dentro de la casa había un túnel de aproximadamente ciento diez metros. Al llegar al final del túnel había dos puertas de hierro con candados, las llaves las tenía siempre uno de los guardias.

La primera puerta a la izquierda se abría cuando el cocinero de la prisión llevaba las comidas para los prisioneros diciendo los números correctos, posteriormente, le abrían la segunda puerta de la derecha que daba a los prisioneros.

Solo el cocinero estaba autorizado a entrar, una vez hubiese pasado la revisión. Tenían prohibido establecer conversaciones con el cocinero, pero este en ocasiones, les traía algo de comer a los guardias disimuladamente.

El amigo evangelizado los llevó cerca de la casa nombrada en donde pudieron ver a una persona de civil cerca de la entrada. En ese instante llegó al lugar vigilado dos vehículos civiles, bajándose dos personas para darle la seguridad al vehículo principal. Abrieron la puerta trasera del vehículo y salió a relucir el entrenador de los terroristas dirigiéndose a la puerta de la casa.

El guardia de la puerta se había comunicado con los de adentro. Al acercarse a la puerta esta fue abierta y entraron los tres, quedándose en la parte externa los conductores dentro de los vehículos y el guardia de la puerta de la entrada de la casa.

Todo esto pudieron observarlo desde una distancia prudente. El lugar donde se encontraban era bastante seguro y de ahí podían visualizar el área de interés.

Pasada una hora aproximadamente salieron de la casa, el instructor terrorista y sus dos guardaespaldas, dirigiéndose a los vehículos. Estando dentro partieron del lugar sin demora.

El amigo evangelizado expresó que para que ese señor llegara en persona a esa prisión, quería decir que dentro de ella había una o varias personas de mucho interés para ellos.

Se podría dar el caso que la persona que estaban buscando podría estar allí dentro.

El encargado de los misioneros católicos evangelizadores le dijo al amigo evangelizado, que ellos necesitaban estar seguros si en esa prisión estaba Salomón.

Antes de transmitir la información sobre este, deseaban asegurarse primero, debían tener la certeza de que estaba ahí para no transmitir la información sino la inteligencia para llegar al momento de asaltar el lugar con las personas indicadas.

Para ello le pidieron al amigo evangelizado si este podía ir a platicar con el guardia, con la intención de averiguar si la persona llamada Salomón se encontraba dentro.

El amigo evangelizado respondió que sí, asegurándole que podía averiguarlo con facilidad. Este les dijo a todos que mientras ellos regresaban, él se quedaría a realizar un acercamiento al guardia de la puerta de la casa. Luego se encontrarían en la casa del señor humilde evangelizado donde les daría la información. El encargado de los misioneros le dio las gracias por su firmeza y seguridad en apoyarlos desinteresadamente.

Regresaron luego a la casa del señor humilde evangelizado para repasar todo lo observado con la intención de no omitir detalles que podrían influir negativamente en la liberación de Salomón. El señor humilde evangelizado al llegar a su casa con los misioneros vio al agente antiterrorista recuperado por completo de aquellas dolencias que le causó el proyectil. La esposa del señor humilde también evangelizada recibió a su esposo muy alegremente, preparándoles comida. Cuando terminaron de comer se reunieron con el agente antiterrorista para darle a conocer todos los detalles y analizar la situación.

En pocas horas llegó el amigo evangelizado a la casa del señor humilde con las respuestas a las preguntas sobre Salomón. Les informó a todos que entabló conversación con el guardia de seguridad que cuidaba la puerta de la casa y que tenía el túnel que comunicaba a la prisión. En esa conversación logró informarse que en días recientes el ejército llevó a una persona encapuchada a la prisión y que a una persona que ellos conocían del Servicio de Inteligencia lo estaba interrogando constantemente.

En esa reunión, el agente antiterrorista reflejó su alegría, la cual era muy parecida a la expresada por los misioneros católicos evangelizadores cuando escucharon toda la información suministrada en ese momento. El agente antiterrorista y con ayuda de los misioneros, comenzaron a confeccionar un croquis del área de la casa que conectaba con la prisión detalladamente con orientación hacia el norte. Por suerte, el señor humilde evangelizado le indicó al agente antiterrorista la salida del sol y su ocaso, con el propósito de orientar el croquis correctamente. El agente antiterrorista teniendo confeccionado y orientado el croquis del lugar de la prisión, le pidió al señor humilde evangelizado que lo llevara a un punto alto de su casa donde él pudiese realizar una llamada con el teléfono satelital de los misioneros.

Estando el agente antiterrorista ubicado en el punto alto de la casa y orientado con el croquis en mano, procedió a realizar la llamada al director de la Central de Inteligencia de los EE. UU. Él sabía que primeramente otra persona de la Central de Inteligencia recibiría la llamada. Insistió varias veces hasta lograr la comunicación y dijo firmemente las palabras claves: *"La lámpara sigue encendida"*, pidiéndole al que recibió la llamada que se lo hiciera saber al director.

Cuando el agente de la Central de Inteligencia le comunicó al director que una persona lo llamaba identificándose como: *"La lámpara sigue encendida"*, inmediatamente el director se levantó de su asiento, tomó el teléfono y contestó con una palabra clave: *"David"*, recibiendo como respuesta: *"Salomón"*.

Al director oír la respuesta supo que la llamada era confiable y oportuna. Los otros países involucrados acababan de comunicarse con él para preguntarle sobre la recuperación del paquete (Salomón). Le pidió al agente antiterrorista que mantuviera la llamada con el propósito de rastrearla y saber su ubicación. Era evidente que uno de los propósitos de la llamada era que ubicaran su posición.

El agente anti-terror le hizo saber al director que una vez ubicado el punto donde él se encontraba, que orientara ese punto con el norte, realizara una circunferencia con un diámetro de doce metros, que es el total de metros de la casa donde se encontraba, posteriormente, que dividiera el norte con el este, exactamente quedando el punto noreste entre los dos. Pidió que luego trazara una línea del punto central de la circunferencia al punto noreste y la continuara tres kilómetros. Indicó que en el punto de los tres kilómetros final y en una circunferencia de doscientos metros a su alrededor se encontraba Salomón en una prisión controlada por el jefe del Servicio de Inteligencia de Corea del Norte, desconociendo su condición física.

Era importante que se tuviese esa área vigilada por satélite para conocer todo movimiento que se diera en ese lugar. Hizo énfasis en que le pediría a la persona que lo estaba ayudando que consiguiera pintura fosforescente con la intención de marcar el área dentro de una circunferencia con visibilidad aérea. Por motivos de seguridad el agente antiterrorista se despidió del director de la Central de Inteligencia evitando que la llamada sea interceptada por el Servicio de Inteligencia norcoreano.

La Central de Inteligencia de los EE. UU. encriptó la llamada evitando ser interceptada. El señor director de la Central de Inteligencia se comunicó con el señor secretario de defensa y el señor presidente para informarles sobre Salomón, acordando de inmediato una reunión en el puesto de mando en la Central de Inteligencia, también fueron informados el comandante general de la base militar y el comandante general del ejército.

Reunidos todos en el puesto de mando en la Central de Inteligencia, el señor presidente les dijo que él se comunicó con sus homólogos para decirles que ya ubicaron a Salomón, que dentro de poco lo tendrían de regreso, agradeciendo la paciencia y el mantenimiento de la palabra de esperar hasta dar y rescatarlo.

La respuesta de ellos fue muy sincera, estos esperarían el regreso de Salomón.

Todos estaban muy optimistas y con un pensamiento conjunto de que tenían que traer a Salomón lo más rápido posible. En eso el director de la Central de Inteligencia presentó un mapa de Corea del Norte con la ubicación del agente antiterrorista y el lugar donde se encontraba Salomón, informándoles que analizaron otra área proporcionada por el agente anti-terror ubicando una prisión. En conversación con el agente antiterrorista este no mencionó la prisión por medidas de seguridad, sin embargo, en el área señalada ese era el lugar sobresaliente. Les informó también que recibió otra llamada del agente antiterrorista en donde le indicó discretamente que el punto A conduce al punto B, queriéndole decir que además de la puerta principal de la prisión existía otra entrada.

En ese momento el director de la Central de Inteligencia recibió una llamada de la sección de imágenes de la Central de Inteligencia, para informarle que tenían una fotografía satelital del lugar de interés en donde aparecían unos puntos alrededor de la prisión, y que de inmediato se la enviarían al puesto de mando por fax.

Al poco tiempo, el señor director de la Central de Inteligencia recibió la fotografía y se la dio a conocer al señor presidente y demás miembros en la reunión.

—Con esto tenemos un porcentaje alto de que en ese lugar mantienen a Salomón. Sabemos que persona de alto perfil no se deben mantener por mucho tiempo en un mismo lugar. Tienen que actuar rápido antes que lo muevan del lugar a un punto más seguro. Algo debe tener ese lugar porque han activado el chip dentro del cuerpo de Salomón y no pueden ubicarlo. En caso de habérselo extraído de su cuerpo enviaría una señal quedando registrada en la computadora, y de ser destruido, aparecería en las pantallas de monitoreo la palabra: destruido. La infiltración de Salomón fue exitosa y sería arriesgado mandar un grupo a infiltrarse por tierra o vía aérea y realizar una operación tipo Gerónimo para rescatar en este caso a Salomón. La operación podrían realizarla exitosamente, pero podrían generar una reacción del líder máximo norcoreano y saben que sus reacciones son impredecibles —expresó el señor director de la Central de Inteligencia.

Posteriormente, el director de la Central de Inteligencia le comunicó al señor presidente que lo expuesto anteriormente podría ser una opción, pero se tendría que informar a los países involucrados. Se podría montar la operación y una vez en estuviese en ejecución, se les informaría, sin notificarles exactamente el lugar del objetivo por la seguridad de los que participarían en esta por la integridad física de Salomón. También contarían con varios agentes infiltrados bien entrenados, conocedores del área y que hablaban el idioma. Adicional a esto tenían otros colaboradores que aumentaban su movilidad y desplazamiento. Todos estos factores fueron considerados favorables para un rescate dentro de un territorio hostil.

—Bueno señor presidente, señor secretario de defensa y señores comandantes generales, como ven me he adelantado exponiendo algunas ideas. —dijo el señor director de la Central de Inteligencia.

El señor presidente le agradeció y consideró que las ideas eran muy acertadas. La reunión se extendió por horas, logrando un consenso en la escogencia de una operación para rescatar a Salomón. Una de las observaciones del comandante general del ejército para el rescate de Salomón, fue que habría bajas (muertos) por parte de las fuerzas amigas y las contrarias, teniendo la certeza que neutralizarían al enemigo, y de no poderlos neutralizar, las cosas se les podrían ir de las manos.

El señor secretario de defensa entendió que al perder el control se generaría una crisis diplomática, la cual se tendría que manejar correctamente. El director de la Central de Inteligencia se dirigió a todos los presentes que realizarían la operación con agentes de inteligencia infiltrados cerca del lugar. Estas personas eran encubiertas, entrenadas y sabían que decisiones tomar en una emergencia personal. En caso de realizarse la operación con un grupo especial de unidades infiltradas, tomarían en cuenta al segundo grupo antiterrorista de Corea del Sur y a los agentes que ellos tenían agregados a ese grupo y de sufrir contratiempos en el rescate, las condiciones diplomáticas estarían a favor, darían a conocer el motivo de la operación, dejando en evidencia la trama interna de los integrantes del poder en Corea del Norte en contra de su líder máximo. El señor presidente expresó que estarían preparados para todo lo que se pudiese presentar, serían directos y firmes en las decisiones que posteriormente tuviesen que tomar. El señor comandante general de la base dio una afirmación de aliento, indicando que todo saldría bien con el favor de Dios. Salomón en su cautiverio siguió escribiendo y recitando sus plegarias al Dios vivo Todopoderoso. Cada día estaba más débil por los maltratos físicos y psicológicos que le proporcionaba el entrenador de los terroristas.

CAPÍTULO 8

OPERACIÓN FORTALEZA

El amigo evangelizador realizó varios trabajos de acercamiento al lugar de la casa que conducía a la prisión. Este logró que el guardia le dijera que dentro de la prisión tenían a un prisionero capturado en un enfrentamiento que hubo no muy lejos de donde estaban, indicando que la persona capturada debía ser muy importante porque solo lo interrogaba "El Amargo".

A este hombre lo apodaban así porque desconocían su nombre, entre ellos se recomendaban que estuviesen lejos de él. Toda esta información fue obtenida por el amigo evangelizado en la búsqueda de más información, quien consiguió por fin la confirmación de que en ese lugar se encontraba Salomón. Corrió y se dirigió a la casa del señor humilde evangelizado para dárselas a conocer a todos.

Teniendo la confirmación de la ubicación de Salomón, el agente antiterrorista realizó otra llamada a la Central de Inteligencia para informarlos de la situación. La llamada fue oportuna, el director de la Central de Inteligencia le hizo saber al equipo sobre la confirmación de un noventa por ciento de probabilidades de que Salomón lo tuviesen cautivo en la prisión que mantenían vigilada por satélite. Posteriormente, detectaron la llegada de dos vehículos a una casa cercana a la prisión. Esta casa era la que conectaba con la prisión por un túnel secreto, información que fue entregada por el amigo evangelizado.

El consenso de todos en la reunión fue la de escoger a los agentes de la Central de Inteligencia para la operación de rescate a Salomón, estos se encontraban infiltrados en Corea del Norte y próximos al lugar. Debían obtener la colaboración de los misioneros católicos evangelizadores para que trasladaran a los agentes a la casa donde se encontraba el agente antiterrorista, quien les proporcionaría toda la información del objetivo y planificarían la entrada con la intención de liberar a Salomón.

El tercer grupo antiterrorista custodiaba la bomba atómica desactivada en su totalidad, así como el uranio contaminado e inservible por muchísimos años. La finalidad era que no pudiese usarse para tales objetivos, por esta razón, continuaría en su lugar a órdenes. Los agentes de inteligencia estarían divididos en dos equipos, en donde el segundo equipo daría la seguridad externa al entrar y salir de la casa que daba a la prisión, y el primer equipo era el que tendría la misión de rescatar a Salomón. El agente antiterrorista conocía la ubicación del punto en donde se encontraba el segundo grupo antiterrorista, y los misioneros conocían también de la posición del segundo grupo antiterrorista, siendo ellos los facilitadores del traslado seguro del agente antiterrorista y Salomón, mas no entrarían en combate, estos permanecerían en la casa del señor humilde evangelizado.

El agente antiterrorista y Salomón tomarían la ruta indicada por los misioneros católicos evangelizadores, una vez los equipos de inteligencia encargados del rescate se los entregaran para trasladarlos a la frontera de Corea del Sur.

El segundo grupo antiterrorista daría seguridad externa durante la ruta de traslado a Corea del Sur. En la ruta habría un punto seguro donde estarían otros agentes de inteligencia que se agregarían a la evacuación del agente antiterrorista y Salomón con las directrices de los misioneros católicos evangelizadores.

El segundo grupo antiterrorista continuaría dándole la seguridad externa a la vanguardia, retaguardia y los laterales izquierdo y derecho.

El señor director de la Central de Inteligencia les comunicó que tendrían una unidad especial con tres helicópteros tácticos que reaccionarían en caso de peligrar la operación.

El señor presidente de los EE. UU. y todo el grupo estuvieron de acuerdo en todo lo planteado. Habían contemplado un tercer plan que era el de mandar un helicóptero a un punto seguro para la evacuación de Salomón, en caso de que las cosas comenzaran a complicárseles. El punto estaría vigilado y asegurado por tres agentes de inteligencia infiltrados. Recibieron la autorización de Corea del Sur para realizar los movimientos necesarios en su territorio. El día D a la hora H, darían comienzo con la operación, la cual llamarían: ¡Fortaleza!, en honor a Salomón por haber resistido al confinamiento y maltrato de sus captores. El puesto de mando de la operación sería desde la Central de Inteligencia comandada por su director, ya que este mantenía el contacto con sus agentes dentro del territorio norcoreano. Se comunicarían con los presidentes de los países involucrados en la misión pasada, una vez establecieran el contacto con el agente antiterrorista y Salomón. El señor presidente le pidió al director de la Central de Inteligencia que le comunicara cuando todo estuviese listo para dar el inicio a la operación.

—¡Es una orden! —exclamó el director de la Central de Inteligencia.

El agente anti-terrorismo se encontraba recopilando información en la casa del señor humilde evangelizado, pidiéndole a este último que realizara lo mismo. De repente, alguien tocó la puerta de la casa, sigilosamente el señor humilde evangelizado se acercó a la puerta preguntando quién estaba tocando, recibiendo como respuesta que era un misionero católico. El señor humilde evangelizado se apresuró a abrir puesto que conoció la voz. Cuando los misioneros entraron fueron abrazados por todos los de la casa.

Los misioneros se comunicaron con los otros compañeros que habían estado con el agente anti-terror. Minutos después, uno de los misioneros que había llegado habló con el agente para decirle que ellos necesitaban saber cómo estaban las cosas en la casa y en sus alrededores.

Necesitaban esa información para llevarla a los equipos de inteligencia armados cercanos al lugar donde se encontraban. El agente anti-terror les dijo que el señor humilde evangelizado lo mantenía siempre informado y que el área donde se encontraban era segura.

Los misioneros evangelizadores posterior a recibir toda la información, comieron y se refrescaron un poco, le dieron las gracias al señor humilde evangelizado y se prepararon para partir. El tiempo es apremiante, tan pronto llegasen al lugar donde se encontraban los equipos de inteligencia, le darían la información recibida. Así fue, llegaron al lugar donde estos se encontraban, recibieron la información y uno de los que estaba al mando se comunicó con el puesto de mando de la Central de Inteligencia de EE. UU. mediante un teléfono satelital. Al recibir la llamada, el director de la Central de Inteligencia le indicó que la ruta hacia el primer objetivo estaba despejada. De inmediato realizó una llamada al señor presidente para recibir la orden de dar inicio a la Operación de Rescate Fortaleza. El señor presidente de los EE. UU. autorizó la operación ordenándole que lo mantuviera informado.

El director de la Central de inteligencia le informó al señor secretario de defensa, al comandante general del ejército y de la base militar. Los comandantes generales se dirigieron al puesto de mando para darle seguimiento a la Operación Fortaleza. En esta ocasión el puesto de mando estaría en la misma Central de inteligencia por la seguridad física de los agentes que utilizarían en la operación.

Se determinó utilizar el grupo de operaciones especiales con los tres helicópteros que se encontraban en una base militar estadounidense en Corea del Sur. Estos se movilizarían al otro lado de la frontera vecina (Corea del Norte) en horas nocturnas a un lugar determinado asegurado y estarían prestos a entrar en acción.

El jefe de cada equipo en cada helicóptero tendría las coordenadas a donde debían dirigirse en caso de recibir la orden. Cada uno de ellos también sabía que todo podía cambiar repentinamente, lo único que debían tener presente era la coordenada de la prisión en donde se encontraba el paquete de interés. Mantendrían la comunicación por teléfonos satelitales de ser necesarios.

El tercer grupo antiterrorista que se encontraba dándole custodia a la bomba atómica desmantelada, continuaría en ese punto esperando la llegada del agente antiterrorista y de Salomón al punto donde se encontraría el segundo grupo antiterrorista. Posteriormente, estos serían conducidos al otro lado de la frontera (Corea del Sur) por los misioneros católicos evangelizados. Durante la ruta estaría un punto seguro donde los equipos de inteligencia los acompañarían.

La ruta estaría vigilada en su parte externa por el segundo grupo antiterrorista y se habían agregado a la seguridad de la ruta en su parte interna, a otros misioneros católicos.

En caso de que se presentara alguna dificultad, habían ubicado dos casas de seguridad adicionales, donde se ocultarían en ellas para luego proseguir, de mantenerse la dificultad en la ruta se tomaría otra alterna la cual se mantendría vigilada. De no poder movilizarse de la casa de seguridad donde se encontraba el satélite, tendrían las coordenadas del lugar y sería trasmitida a los comandantes de los helicópteros para que entraran en acción y rescataran a Salomón con el agente antiterrorista. En caso de que se tomara la ruta alterna, lo llevarían a un punto seguro y despejado establecido en la misma, para que uno de los tres helicópteros los recogiera en ese punto que sería el de extracción y los otros dos estarían prestos a combatir de ser necesario. La parte primordial de la operación era la de rescatar a Salomón de la prisión. Los equipos de inteligencia con el agente anti-terrorismo tendrían la misión.

En esos momentos se encontraban en la casa del amigo evangelizador, los misioneros católicos evangelizadores, el agente antiterrorista y el primer equipo de inteligencia.

Estos sabían que una vez salieran de esa casa no regresarían, de esa manera los integrantes de esa casa no estarían seguros. De lo que estaban seguros era que ese primer equipo de inteligencia y el agente antiterrorista tendrían algún enfrentamiento para neutralizar al guardia de la prisión. Todos portarían armas cortas con silenciadores y otras algo silenciosas.

De no darse por enterado la parte interna de la prisión, se continuaría con el resto de la operación. De no poder rescatar a Salomón, los comandantes de los helicópteros tenían la coordenada de la prisión y llegarían ahí con las unidades especiales para entrar en combate, extraer a Salomón y al agente antiterrorista.

Los helicópteros estarían en vuelo rasante para no ser detectados por los radares, estos se trasladarían a la frontera de Corea del Sur. Se tenía la dicha de que los acontecimientos del desmantelamiento de la bomba atómica fueron en una provincia cercana a la frontera con Corea del Sur. Sabían que el traslado terrestre era con más demora, pero, más seguro.

Se desconocía si los norcoreanos contaban con algún equipo especial que pudiera detectar todo tipo de vuelos cercanos a la frontera con Corea del Sur, en caso de que contasen con estos equipos tecnológicos pondrían en peligro la operación. Lo que sí conocían con certeza era que contaban con misiles portátiles tierra aire, que tenía la capacidad de rastrear el calor producido por las aeronaves con un noventa por ciento de derribarlo. Todas las ventajas y desventajas de la operación en los cursos de acción eran analizados y se escogió que el método de rescate de Salomón sería vía terrestre.

Tenían unidades altamente entrenadas con mucho sigilo para desplazarse en territorio hostil. Los equipos de inteligencia que realizarían el asalto con el agente antiterrorista, se encontraban preparados e informados de todos los detalles del objetivo. El señor humilde evangelizado tenía como misión el desplazamiento de uno por uno hacia la casa del amigo evangelizado.

El agente antiterrorista recibió la orden de movilizarse con los equipos de inteligencia a la casa del amigo evangelizado. Los misioneros católicos evangelizadores permanecerían en la casa del señor humilde evangelizado hasta que este regresara.

De estar todo bien, se desplazarían hacia otra casa de otra persona evangelizada, en donde lo esperarían otros misioneros para moverse a otro lugar alejado de los acontecimientos y continuar con su misión evangelizadora, pendientes en dar apoyo nuevamente.

Estaban todos preparados para movilizarse. Acordaron que la movilización se realizaría a partir de las doce de la noche. Era una hora en que pocas personas andaban por la calle apresuradas por el frío, es algo normal, esto ayudaría a realizar el desplazamiento sin despertar sospechas en caso de encontrarse soldados en la calle.

Llegó la hora y comenzaron a desplazarse tomando todas las medidas de seguridad. No tuvieron contratiempo en llegar a la casa del amigo evangelizado. El jefe del primer equipo encargado de la operación se comunicó con el puesto de mando en la Central de inteligencia utilizando el teléfono satelital que se encontraba en la casa del amigo evangelizado. Todo sucedió sin novedad.

Al día siguiente se realizaría el asalto a las dos de la madrugada. Esta era una hora apropiada porque no se realizaban relevos de los guardias. Antes de irse a descansar el amigo evangelizado les pidió reunirse, estando juntos expresó una oración al Dios vivo Todopoderoso por el éxito de la operación y el bienestar de todos.

El director de la Central de Inteligencia le comunicó al señor presidente que todo estaba listo para realizar el asalto a las dos de la madrugada del día siguiente. Este le agradeció la información y le pidió que le hiciera saber a los que estaban en el puesto de mando que él estaría presente, puesto que le había delegado al vicepresidente la atención de la agenda hasta que estuviera con su amigo Salomón.

—¡Todos han esperado ese momento, allí estaremos! —contestó el director de la Central de Inteligencia.

Mientras tanto Salomón continuaba escribiendo y recitando sus plegarias en oración. Al finalizar la noche y antes de cerrar los ojos para descansar exclamó:

—¡Mi señor no tardes, tú sabes que yo soy uno de tus hijos favoritos, ven pronto en mi auxilio!

Llegó el momento de la operación, se reunieron y le pidieron al amigo evangelizador que dijera una oración y les diera la bendición. Todos estaban preparados a las dos de la madrugada en punto (hora de Corea del Norte). Salieron de la casa del amigo evangelizador tomando las medidas de seguridad y se desplazaron al lugar establecido con anticipación donde divisaron al guardia de seguridad en la entrada de la casa que conducía a la prisión. Todos los otros involucrados en la operación de igual manera comenzaron a realizar sus movimientos y estaban a órdenes. El segundo equipo de inteligencia estaba colocado en los puntos acordados para darle protección al primer equipo. El amigo evangelizado comenzó a movilizarse hacia donde estaba el guardia. Lo saludó y en reciprocidad recibió un buen saludo de este quién luego le preguntó:

—¿Que te trae por aquí a estas horas?

—Estaba en mi casa con mi esposa, ayudándola a preparar la comida que vamos a comer durante el día. No podía dormir y entonces quise ayudarla —respondió el amigo evangelizado— Yo sé lo que es ser guardia de seguridad y cubrir este puesto en la prisión. Yo cuidé esta misma puerta de acceso a la casa y sé que siempre a estas horas dan ganas de comer, por tal razón, quise traerte algo de comida.

El guardia le agradeció el gesto y tomó los alimentos que el amigo evangelizado le había traído. Este le indicó que también había traído alimentos para los que estaban dentro de la casa. El guardia se acercó a la puerta realizando los toques necesarios y diciendo los números.

Los guardias dentro de la casa abrieron la puerta y recibieron la comida con agrado, cerrando el portón posteriormente. El amigo evangelizado quedó solo con el guardia en la parte de afuera de la casa, continuaron conversando de muchas cosas.

Al poco tiempo, el amigo evangelizado le dio la señal al jefe del equipo de inteligencia para que entraran en acción. Este se movilizó por la acera llegando a donde ellos se encontraban, procedió a neutralizar al guardia de la puerta. Estando el guardia neutralizado y el área despejada se movilizaron los demás integrantes del equipo de inteligencia número uno, entre ellos el agente antiterrorista.

El amigo evangelizado tocó la puerta de la casa diciendo los números correctos y esta de inmediato fue abierta. Fue ahí donde entró el equipo de inteligencia número uno y neutralizaron a todos los guardias evitando que estos lograran hacer uso de sus AK-47. Se desplazaron por el túnel, logrando neutralizar a los otros guardias que se encontraban en el fondo de este. El equipo de inteligencia inmediatamente procedió a inspeccionar el área, encontrando varias celdas, dentro de una de ellas yacía Salomón.

El jefe del equipo de inteligencia se identificó informándole a Salomón que habían venido a buscarlo para llevarlo a casa. Salomón dio gracias a Dios con lágrimas en sus ojos y le agradeció al jefe del equipo de inteligencia. Luego se le acercó el agente antiterrorista y Salomón lo reconoció diciéndole:

—¡Pensé que estabas muerto! El Dios vivo Todopoderoso ha oído mis plegarias y los ha enviado por mí.

Lograron quitarle el grillete con cadena que tenía colocado en su pie derecho. En eso uno de los del equipo de inteligencia le notificó a su jefe que había una persona engrilletada con cadenas en otra de las celdas. Salomón inmediatamente le pidió al jefe del equipo que liberaran a esa persona y que lo llevaran con ellos, puesto que este era un agente encubierto de la Central de Inteligencia con el seudónimo A-1.

Cuando estaban todos listos para salir se aproximaron dos vehículos a la casa, el amigo evangelizado se había puesto el uniforme del guardia previendo esa situación y resguardando la salida de la vivienda. Adicional a esto, se encontraba también el segundo equipo de Inteligencia en lugares estratégicos.

Cuando el amigo evangelizado vio los vehículos acercarse, hizo una reverencia en dirección a los vehículos, luego se dirigió a la puerta de la casa, realizó varios toques y dijo los números para que esta fuese abierta, todo trascurrió de la manera habitual.

Al entrar los vehículos, salieron de su interior varias personas, entre ellos el entrenador terrorista, pero en esta ocasión mandó a su seguridad a entrar a la casa. El grupo de escolta entró a la casa e inmediatamente se dio un fuerte enfrentamiento con estas personas, dándose intercambios de disparos. Los disparos alertaron al entrenador terrorista, este quería escapar del lugar y logró como pudo hacer una llamada por radio. Cuando el entrenador terrorista llegó donde se encontraban los vehículos en espera, se percató que sus conductores se encontraban neutralizados. En eso, un integrante del segundo equipo de inteligencia logró interceptarlo, teniendo un enfrentamiento cuerpo a cuerpo. Dentro de la casa, los que realizaban el asalto lograron neutralizar al escolta del entrenador terrorista. De repente, salieron de la vivienda el agente antiterrorista y Salomón. El jefe del grupo especial se dirigió al fondo del túnel, cuando de pronto se abrió la puerta de hierro que conectaba con la prisión, entrando rápidamente el jefe de la prisión por los ecos de los disparos. Este fue neutralizado al igual que a los terroristas.

Estando el agente antiterrorista con Salomón fuera de la residencia, pudieron observar como el entrenador terrorista estaba a punto de asfixiar a un miembro del equipo de inteligencia con una llave utilizada en defensa personal para neutralizar o eliminar al enemigo, era evidente que el entrenador terrorista quería eliminarlo. El agente antiterrorista reaccionó rápidamente evitando la muerte de este. El conocimiento de artes marciales del agente antiterrorista le dio la confianza de entrar en combate cuerpo a cuerpo con el entrenador terrorista. Luego de un feroz combate, el agente logró eliminarlo. Otro integrante del equipo de inteligencia auxilió al que había quedado un poco maltrecho, al recuperarse se unió al equipo de inteligencia. Este último se dirigió al agente antiterrorista indicándole que se desplazara a otro lugar rápidamente con Salomón y el amigo evangelizado.

El entrenador terrorista había logrado llamar por radio, de seguro vendrían pronto en su auxilio. El amigo evangelizador les dijo que él los llevaría a su casa porque Salomón no podía ir muy lejos porque estaba muy débil. Lograron salir del lugar y se dirigieron rápidamente a la casa antes mencionada. Repentinamente, el agente antiterrorista le dijo al amigo evangelizado:

—Venir a tu casa no estaba contemplado en el plan. Estas son situaciones imprevistas, por tal motivo, tu familia corre peligro. Será mejor que tu esposa y tus hijos se preparen para salir de la casa e ir a otro lugar. Llévalos a la frontera de Corea del Sur. Cuando estés en el territorio de Corea del Sur, dirígete a la embajada americana o a un consulado y comunícale al embajador que: *"La lámpara sigue encendida"*.

El agente antiterrorista continuó dialogando con el amigo evangelizado señalándole que él y Salomón permanecerían en su casa en espera de su recuperación física, ser evacuados o en espera de órdenes. En caso de ser posible lo llevaría al siguiente punto para que fuese escoltado con todas las medidas de seguridad a Corea del Sur. El amigo evangelizado acató todo lo indicado y emprendió el viaje a la frontera de Corea del Sur con toda su familia. Le dio nostalgia dejar el lugar y su casa, pero sabía que al quedarse correrían mucho peligro sus seres queridos.

Los equipos de inteligencia con sus unidades no pudieron salir, el refuerzo terrorista llegó al poco tiempo, impidiendo la salida de estos. El refuerzo terrorista arribó a mando del lugarteniente terrorista (segundo al mando) quien se enfureció al ver a su jefe eliminado en el suelo. El jefe del equipo de Inteligencia decidió sellar la puerta de la casa y salir por la otra puerta al final del túnel que daba a la prisión. Entraron eliminando algunos guardias que trataban de impedírselos, llevaban consigo la llave maestra que abría todas las puertas e incluso se encontraba una llave que abría las celdas comunales en donde había toda clase de personas. Decidió abrir todas las celdas para formar un caos y hacerles las cosas más difíciles a los terroristas. El jefe de los equipos de inteligencia realizó una llamada satelital informando la situación al puesto de mando. Estos le indicaron que ellos estaban viendo la situación a través del satélite para esta clase de operaciones. En esos momentos estaba en camino tres helicópteros, uno apoyaría a la unidad, desembarcando cerca de la casa que daba acceso a la prisión para tomar por sorpresa y eliminar a los terroristas que estaban tratando de entrar por la puerta. Recibieron la orden de mantenerse en un lugar seguro dentro de la prisión.

Llegaron los helicópteros. Uno descendió para desembarcar al personal que establecería contacto con el enemigo y para destruirlos, los otros dos le darían la seguridad y el apoyo de fuego en caso de ser solicitado. Las unidades especiales que desembarcaron del helicóptero entraron en combate con los terroristas y en poco tiempo fueron destruidos, incluyendo al lugarteniente terrorista. Cuando lograron salir los equipos de inteligencia de la casa fueron embarcados en el helicóptero destinado para la evacuación. Cuando estuvieron todos, incluyendo los caídos y heridos, este levantó el vuelo para que entrara el otro helicóptero a embarcar a las unidades que neutralizaron a los terroristas, el tercero mantendría el apoyo en la evacuación hasta que salieran del área de conflicto. Todo esto lo realizaron con rapidez para salir del lugar y dirigirse a vuelo rasante en dirección a Corea del Sur. Por medidas de seguridad el tercer helicóptero que quedó en la retaguardia también se dirigiría en vuelo rasante a Corea del Sur.

Al lugar del enfrentamiento llegó la Policía y el ejército acordonando el área en dos anillos de seguridad. El primer anillo de seguridad lo estableció la policía para reducir los amotinados en la prisión. El segundo anillo lo estableció el ejército en apoyo a la policía con el propósito de verificar quienes de los reos eran condenados por faltar a las leyes establecidas en su país y quienes hayan sido condenados injustamente por oponerse al régimen establecido.

El jefe policial, encargado del primer anillo, con mucho esfuerzo logró controlar a los reos o prisioneros y tomó el control de la prisión. Cuando realizó una revisión del área con la intención de cuantificar los muertos y heridos, se impresionó mucho al ver que entre los muertos se encontraban el jefe de la prisión, el entrenador terrorista y su lugarteniente. Este pensó inmediatamente que las cosas que sucedieron ahí eran de magnitud. Tomó la radio y se comunicó con el jefe encargado del ejercito del segundo anillo, pidiéndole su presencia en el área de la prisión. Este de inmediato llegó a la prisión y vio en su parte interior a los cadáveres agrupados. Al observar a terroristas que conocía, le llamó poderosamente la atención y lo comunicó por radio a sus superiores.

La noticia le llegó al jefe del Servicio de Inteligencia de Corea del Norte por medio de uno de sus subalternos de confianza, este le agradeció y le pidió inmediatamente que se retirara. Al parecer había recibido la información más detallada por otros medios. Este de inmediato controló las noticias televisivas, radiales y escritas para no crear suspicacias a su líder máximo.

Esta acción en gran parte favoreció al agente antiterrorista que se encontraba con Salomón en la casa del amigo evangelizado. Posteriormente, el comandante general del ejército de Corea del Norte ordenó la retirada de las unidades del ejército que se encontraban en el lugar.

Toda esta acción comenzó a preocupar al jefe del Servicio de Inteligencia de Corea del Norte, lleván- dolo a reunirse con su grupo conspirador. Dentro de lo que acordaron en su reunión secreta fue la nega- ción de cualquier acusación. Estos indicaron que usarían el pretexto que fuerzas externas, ya que deseaban desquebrajar la unidad de los integrantes del gobierno conformado por su líder máximo con el propósito de debilitarlos.

El jefe del Servicio de Inteligencia de Corea del Norte le ordenó a un equipo especial de agentes de inteligencia realizar misiones encubiertas con el ob- jetivo de dirigirse al lugar de los enfrentamientos, recopilar toda información y dar con todos los cola- boradores que apoyaron a los norteamericanos con el rescate de Salomón.

Este activó su red de informantes en esa área, le ha- bían confirmado que hubo presencia americana en lo sucedido a la prisión.

El grupo de misioneros evangelizadores católicos en esa área obtuvieron la información de las pretensio- nes del jefe del Servicio de Inteligencia de Corea del Norte. Por ese motivo, se organizaron para llegar a la casa del amigo evangelizado y sacarlo del lugar, desconociendo en esos momentos que este ya se había movilizado a Corea del Sur. Estos no contaban con el teléfono satelital, en esos momentos se encontraban incomunicados.

El señor presidente de los EE. UU. en reunión con su secretario de defensa, director de la Agencia Central de Inteligencia y los comandantes generales, permanecían optimistas. No pudieron traer a Salomón inmediatamente a Corea del Sur, sin embargo, sabían el punto exacto donde se encontraba mediante el chip que mantenía en su cuerpo. Todos sabían que tenían que mantener la calma y que debían esperar que el lugar se enfriase un poco. Las acciones que se dieron ya habían tenido que haber llegado al mando superior de Corea del Norte. El jefe del Servicio de Inteligencia junto con sus adeptos, habían logrado neutralizar la propagación de la noticia de lo sucedido en ese lugar. La razón era evitar que se descubrieran otras cosas que podrían finalizar en una investigación. El agente antiterrorista vio a Salomón más recuperado y le pidió su atención porque quería comunicarle algo muy importante.

—¡Soy todo oído! —exclamó Salomón.

—Es acerca de tu padre Salomón. —dijo el agente antiterrorista.

Salomón prestó mucho interés en lo que el agente le quería decir.

—Tu padre me dio un anillo que te pertenece a ti. Este me dijo que te lo diera en momentos difíciles, haciéndote saber que tienes que tener presente al Dios vivo Todopoderoso, confiar en él y mantener viva tu fe —dijo el agente mostrándole el anillo de oro.

Salomón al ver el anillo partido en dos se sorprendió y preguntó de inmediato el por qué estaba roto este. El agente antiterrorista le respondió:

—El anillo lo tenía en un cordón táctico en mi cuello. Los terroristas dispararon sus armas AK47 y una de sus municiones impactó con el anillo partiéndolo en dos. Lo bueno es que desvió la ojiva evitando su penetración en mi cuerpo —continuó—, el fuerte golpe me hizo perder el conocimiento unos minutos, cuando me reincorporé logré ver que te subían a un vehículo. Pude ver la dirección que tomó al salir, pero los otros soldados regresaron con la orden de recoger los cuerpos y limpiar el área. Siento mucho entregarte el anillo partido en dos.

—Mi espíritu siente una alegría interior porque mi anillo en las pretensiones de Dios, hizo que una persona de bien prevaleciera ante las personas que generan el mal —expresó Salomón devolviéndole el anillo— consérvalo y dale a conocer lo sucedido a tus hijos y ellos a sus hijos, de generación en generación. Deben saber que tienen que tener presente al Dios Vivo Todopoderoso, dueño y señor de todas las cosas. ¡Que le teman y hagan lo bueno!

De repente, tocaron la puerta varias veces. El agente antiterrorista se acercó y contestó de la manera como lo hacía el amigo evangelizado. En eso recibió como respuesta que eran los misioneros católicos evangelizadores y este abrió la puerta. Los hizo pasar y se saludaron con fuertes y cálidos abrazos. Los misioneros se alegraron mucho de volver a ver a Salomón. El agente antiterrorista les contó a los misioneros los eventos que se dieron en el rescate de Salomón, también los puso al tanto sobre el amigo evangelizado y su familia, los cuales se habían movilizado al otro lado de la frontera por el peligro que corrían en su casa.

Uno de los misioneros les dijo que casualmente ellos habían venido a sacarlo de esta área. En la movilización hacia la casa del amigo evangelizado otras personas evangelizadas le informaron que habían observado mucho movimiento de personal civil que no era del área.

Salomón prestó mucha atención y sugirió que antes de que se movieran, debían estar seguros de lo que estaba pasando afuera.

Los misioneros católicos evangelizadores realizarían un recorrido por la ruta prevista a utilizar para trasladar a Salomón desde la casa del amigo evangelizado, al punto donde se encontraba el segundo grupo antiterrorista, los cuales, tenían como misión trasladar a Salomón al otro lado de la frontera. En Corea del Sur lo estaría esperando otro grupo de agentes de la Central de Inteligencia conjuntamente con agentes de los Servicios de Inteligencia de Corea del Sur, con el propósito de llevarlo a un lugar secreto para su posterior traslado a los EE.UU.

Eran momentos críticos por el gran despliegue de agentes de los Servicios de Inteligencia de Corea del Norte. Los misioneros querían tener la certeza y seguridad cuando llegase el momento de realizar el desplazamiento. Les tomó todo un día en ir y regresar por la misma ruta, en ocasiones se encontraban alguno de los informantes y disimuladamente trataban de hablarle de la palabra de Dios, algunos le prestaban atención y otros no les interesaba oírla. Los misioneros le comunicaron al agente antiterrorista y a Salomón que ya habían caminado anteriormente por la misma ruta y descansaban en casas de

personas muy generosas para continuar evangelizando al día siguiente. Los desplazamientos los realizarían por varios días y por la misma ruta hasta pasar desapercibidos y asegurarse de que es una ruta
segura al momento de darse la evacuación.

El jefe del equipo de inteligencia que participó en la
liberación de Salomón, se entrevistó con el señor
presidente de los EE. UU. por un sistema especial y
seguro, parecido al sistema Skay. La comunicación
tenía como objetivo confirmarle que Salomón se encontraba en la casa del amigo evangelizado en compañía del agente antiterrorista y tres misioneros. El
señor presidente le manifestó que tenían monitorea-
do el lugar donde se encontraban, y que a esa casa
habían llegado tres misioneros católicos evangelizadores. Indicó también que era oportuno comunicarles que cerca de ellos se mantenía un grupo especial
de inteligencia de Corea del Norte, por lo que no era
apropiado que realizasen movimiento alguno.

—Se ha establecido contacto con otros misioneros
católicos evangelizadores en Corea del Sur. Estos
colaborarán con nosotros llevándole un teléfono satelital al agente antiterrorista y para poder coordinar
una operación de precisión para traer a casa a Salomón —dijo el presidente—, he querido decirle esto
y darle las gracias por el éxito de la misión que

cumplió su grupo. Lo primordial era sacar a Salomón de la prisión vivo, lo cual su grupo logró.

—¡Estamos para cumplir misiones dentro y fuera de sus fronteras! Sus felicitaciones nos hacen más fuertes para continuar entrenando y ser mejores cada día —dijo el jefe del equipo de Inteligencia.

—Su jefe directo, el señor director de la Central de Inteligencia también le envía felicitaciones, se siente muy orgulloso de ustedes. Esperamos verlos pronto en casa —respondió el señor presidente.

El amigo evangelizado llegó a Corea del Sur con su familia sin novedad. A este le asignaron la misión de regresar lo más rápido posible a su casa en Corea del Norte, sin equipo alguno que lo comprometiera, para decirle al agente antiterrorista, a los misioneros católicos evangelizadores y a Salomón, que no realizaran ningún movimiento y esperaran la llegada de los misioneros con el teléfono satelital, para realizar las coordinaciones del rescate.

Un agente de la Central de Inteligencia le hizo entrega del teléfono satelital al misionero católico evangelizador asignado. Este al recibir el aparato se retiró inmediatamente del lugar de encuentro. Mientras tanto, el tercer grupo antiterrorista se mantenía en su puesto custodiando la bomba atómica desactivada e inservible y estarían también a órdenes.

En el puesto de mando instalado en la Central de Inteligencia se encontraban analizando la situación para planear una operación de sigilo y engaño (ocultar la verdad y exhibir lo falso), en donde tenían que seguir ocultando el objetivo que era Salomón, desviando la búsqueda del objetivo hacia otro lugar.

Las informaciones que mantenían fueron comparadas con otras averiguaciones de otros agentes de inteligencia infiltrados, las cuales habían concordado y se tenía con certeza que se encontraban agentes de los Servicios de Inteligencia de Corea del Norte en el área de interés, realizando trabajos de búsqueda de información, teniendo un fuerte control hacia la frontera y en la frontera misma con Corea del Sur.

Esta información fue confirmada y se tenía como una inteligencia oportuna. Por seguridad no podían movilizar a Salomón hacia la frontera. Empezarían la coordinación con el agente antiterrorista que se encontraba con Salomón al momento en que este tuviera el teléfono satelital. Adicional a todo esto, conociendo el estado de Salomón podrían saber si este puede ser conducido a una distancia corta o larga.

Con mucha precaución se movilizaron tres misioneros evangelizadores hacia el territorio norcoreano para hacerle llegar el teléfono satelital al agente antiterrorista. El jefe del servicio de inteligencia de Corea del Norte se sentía muy preocupado porque no había podido controlar la situación en la captura de Salomón. Se comunicó por teléfono con el encargado de la operación de localización y captura de este, dándole una orden final: ¡Eliminar a Salomón! Inmediatamente esta orden fue trasmitida a los agentes de inteligencia empeñados en la búsqueda.

En el puesto de mando, el director de la Central de Inteligencia reunió a expertos de inteligencia en planeamiento para estos tipos de operaciones. Le solicitaron al encargado de la inteligencia en el puesto de mando, la apreciación de inteligencia actualizada. Al tener este documento en mano procedieron a leer:

Misión: Rescatar a Salomón y llevarlo a territorio amigo.

Área de operaciones: Conocer el curso de acción empleado por la inteligencia norcoreana y el curso de acción que emplearían para contrarrestarlo y qué efectos se estaban sucintado en estos momentos.

Situación de la Inteligencia norcoreana: Conocer lo más que se pueda con respecto a la amenaza (Inteligencia norcoreana), los últimos acontecimientos que se habían registrado en el área de interés con el propósito de conocer su puntos fuertes y débiles.

Capacidades del enemigo: Se encontraban en su territorio y tenían los medios para ubicar tarde o temprano a Salomón, y por la manera de realizar la búsqueda se podría tomar como suposición la palabra: "Eliminar".

Conclusiones: Poco a poco estaban controlando el área de su interés. Se tenía que realizar un movimiento seguro y rápido del área de interés de la inteligencia norcoreana.

El tiempo que se tenía para realizar un movimiento del área era apremiante y ponía en peligro al grupo de agentes de la Central de Inteligencia, encubiertos e infiltrados en esa área de Corea del Norte, los cuales se encontraban apoyando la operación. Los grupos de inteligencia en conversación con el señor director de la Central de Inteligencia indicaron que estaban de acuerdo en realizar una operación de engaño. El señor director les confesó que se había pensado en eso, recibiendo como respuesta de los expertos de inteligencia:

—¡Trabajemos en esa dirección!

Los misioneros evangelizadores llegaron a la casa del amigo evangelizado y mantuvieron una rápida conversación con el agente antiterrorista, dándole a conocer que la inteligencia de Corea del Norte había difundido fotos de Salomón ofreciendo una buena recompensa para quien diera información de su ubicación. Estos cumplieron con la entrega del teléfono satelital y antes de salir de la casa saludaron a Salomón haciéndole énfasis en que mantuviera su fe y que todo saldría bien.

Minutos más tarde, el agente antiterrorista preparó el teléfono satelital y realizó una llamada al centro de operaciones de la Central de Inteligencia. Esta llamada fue recibida con agrado, en donde uno de los expertos de inteligencia le comenzó a dar directrices para realizar el movimiento de la casa donde estaban al punto que posteriormente le notificaría.

Con respecto a la orientación, se tomaría como punto la casa y puntos conocidos proporcionados por el agente antiterrorista. Estos puntos también fueron corroborados por el satélite de la Central de Inteligencia. Teniendo la orientación, el experto de inteligencia le indicó al agente antiterrorista que, con la ayuda del amigo evangelizado, realizaran un croquis del área detallado y preciso. El propósito era construir la ruta a seguir para llevar a Salomón al punto establecido y despejado, poder realizar un movimiento de helicópteros con agentes especiales de la Central de Inteligencia y así poder efectuar el rescate y traslado de Salomón a suelos de Corea del Sur. Otro curso de acción que se tenía contemplado era si se realizaría a pie o en vehículo. Corea del Sur había mantenido todo esto bajo perfil, para así evitar una alarma fronteriza en el territorio de Corea del Norte y dificultar el pase de Salomón a su territorio.

En el planeamiento de la operación de engaño se contempló la creación de un incidente a unos tres kilómetros en dirección contraria a la ruta establecida para movilizar a Salomón. Se había determinado una distancia de tres kilómetros para no hacer dificultosa la movilización de los agentes de inteligencia de Corea del Norte, ya que, de ser más lejos, los pudiese llevar a desanimarse a no realizar una movilización a ese punto.

A esa distancia se detectó una instalación logística de los agentes de inteligencia de Corea del Norte que reabastecían de equipos y logística de ración seca (comida empaquetada de campaña) a sus agentes en su misión de neutralizar a Salomón.

Dentro del plan estaba la colocación de algunas cargas explosivas incendiarias en los lugares de almacenaje, incluyendo el área de los camiones con combustible. Se evitaría el enfrentamiento con la intención de aparentar un incidente inesperado, obligándolos a pedir ayuda de los grupos operativos y a romper el cerco perimetral de vigilancia sostenido en el área de interés. Por medio del satélite se podría observar la movilización de los agentes de inteligencia de Corea del Norte al punto logístico en apoyo. Al obtener toda esa información asegurarían esa ruta despejada neutralizando, de ser necesario, cualquier agente de inteligencia de Corea del Norte.

Una vez que estuviese asegurada la ruta, el agente anti-terror comenzaría a desplazarse con Salomón con la ayuda del amigo evangelizado. La hora más apropiada era a las cuatro de la madrugada, puesto que era la hora de despertar al personal de relevo interno y externo de algunos puestos fijos. Interrumpiendo esta actividad los puestos fijos no serían relevados, obligándolos a esperar. Se tendría una pequeña ventaja, ya que los agentes especiales tendrían la misión de asegurar y neutralizar cualquier amenaza que se pudiera generar por la ruta establecida o durante el desplazamiento de Salomón al objetivo deseado.

Del punto de partida, Salomón tendría que ser llevado a tres kilómetros. El lugar escogido era espacioso y plano para dos helipuertos improvisados por los agentes de Inteligencia. Los helicópteros con visión nocturnas y motores silenciosos aterrizarían en horas de la madrugada y serían camuflados para evitar ser detectados desde el aire. Tendrían otros dos helicópteros a dos kilómetros de los primeros, estos estarán artillados en apoyo. Salomón debería ir al helicóptero que volará detrás del puntero, los otros dos se colocarían de manera lateral y a unos metros atrás para formar una "T" invertida. Todos esperaban que el ejército de Corea del Norte no se involucrara como hasta el momento no lo había hecho. La razón era que el jefe del Servicio de Inteligencia de Corea del Norte le había pedido al comandante general del ejército que mantuviera a su gente alejada de lo que estaba sucediendo para no alertar a su líder máximo. Tenían contemplado otros cursos de acción en caso de ser necesarios.

El puesto de mando en la Central de Inteligencia realizó una llamada al agente antiterrorista para que estuviese preparado con Salomón y el amigo evangelizado, a salir de la casa y dirigirse por la ruta que le señalarían en su momento. Le recordó que debía utilizar al amigo evangelizado, conocedor del área, para tomar la ruta indicada, y que en el trayecto establecería contacto con los demás agentes de inteligencia que le seguirían indicando la ruta a seguir. Estando todo en orden llamaron nuevamente, pero en esta ocasión al director de la Central de Inteligencia, quien se encontraba dándoles el visto bueno al señor presidente de los EE. UU., al señor secretario de defensa, los comandantes generales del ejército y de la base donde se abrió la Puerta Estelar. A través de una llamada le transmitieron al agente antiterrorista la aprobación de la operación de engaño, para que este estuviese pendiente de salir de la casa por la ruta indicada. Para concluir, le indicaron que le informarían por medio de otra llamada telefónica satelital, el inicio. Los helicópteros se movilizarían a las cero horas y un minuto de la madrugada a los lugares indicados. Se tenía estimada la llegada de los helicópteros a los puntos establecidos veinte minutos antes de las cuatro de la madrugada. Los agentes de inteligencia que se encontraban cercanos a las instalaciones de abastecimientos tenían colocadas las cargas incendiarias en los lugares indicados, solo esperaban la orden de detonarlas. El grupo de agentes de inteligencia que se encargarían de limpiar y despejar la ruta por donde sería llevado Salomón, también estaban listos para tomar y controlar esa ruta.

CAPÍTULO 9

OPERACIÓN DE ENGAÑO

El satélite estaría fijo en esa área monitoreando toda la operación para realizar los movimientos predeterminados y definir la ruta por la cual Salomón sería conducido. Con respecto a los informantes colaboradores de los agentes de inteligencia de Corea del Norte, habían sido en su mayoría neutralizados por los agentes que ya los habían detectados con anticipación. Era muy probable que estos pudieran tener contacto con agentes activos de la Central de Inteligencia de Corea del Norte durante la ruta de desplazamiento de Salomón. Esto sería un combate silencioso entre sus agentes con los agentes de la Central de Inteligencia.

Teniendo el puesto de mando de la Central de Inteligencia de los EE. UU. todo sincronizado, a las cuatro de la madrugada se dio inicio a la Operación de Engaño. Los agentes de Inteligencia hicieron detonar las cargas incendiarias en los lugares específicos, estos causaron un caos en la base logística improvisada por los agentes de la Central de inteligencia de Corea del Norte.

El efecto fue inmediato, inmediatamente solicitaron apoyo al jefe de los agentes de inteligencia asignados a la búsqueda de Salomón. El jefe le ordenó a uno de los grupos del perímetro establecido que controlara una de las áreas a inspeccionar y que diera apoyo a la base logística con su personal.

El satélite de la Central de Inteligencia pudo observar el movimiento de personal y vehicular hacia la base logística.

El puesto de mando de la Central de Inteligencia esperó que estos agentes llegasen al lugar de la base logística y se unieran al caos, para darle la orden de moverse al agente antiterrorista con Salomón y el amigo evangelizador, esto por supuesto se hizo por la ruta más despejada y luego por la ruta que lo conduciría a los helicópteros de evacuación.

Los misioneros católicos evangelizadores permanecieron en la casa del amigo evangelizado para posteriormente movilizarse a otro lugar no muy lejos de la ruta a seguir, la cual les señaló el agente antiterrorista.

A continuación, llegaron los agentes de inteligencia en apoyo a la base logística improvisada del Servicio de Inteligencia de Corea del Norte.

Inmediatamente el puesto de mando de la Central de Inteligencia de los EE.UU., encargado de la Operación de Engaño, realizó la llamada esperada al agente antiterrorista, explicándole la ruta que debía tomar al salir de la casa. Esta fue analizada, comprendida y confirmada por el amigo evangelizado.

Salieron de la casa. En el primer trayecto por la ruta hubo contacto con agentes de inteligencia de Corea del Norte y los agentes de la Central de Inteligencia infiltrados con anticipación en Corea del Sur, con un poco de dificultad fueron neutralizados evitando que tuvieran contacto con Salomón. El centro de operaciones realizó otra llamada al agente antiterrorista para indicarle la dirección a tomar. Un agente haría contacto con ellos para guiarlos por la ruta donde estaban los helicópteros.

El trayecto se convirtió en un campo de batalla silencioso reflejado en las probabilidades de posibles combates, los cuales ya habían sido frecuentes. Durante la ruta hacia los helicópteros hubo un momento en donde el enfrentamiento hizo perder los escritos de las plegarias de Salomón, como también el amigo evangelizado fue separado del grupo. Salomón al percatarse de la pérdida de sus plegarias intentó regresar, pero no fue posible.

Los agentes de inteligencia guías, el agente antiterrorista y Salomón continuaron la ruta hacia los helicópteros. Los agentes de la Central de Inteligencia de los EE. UU., infiltrados en diferentes partes del territorio de Corea del Norte, informaron sobre movimientos inusuales en diferentes bases militares en Corea del Norte. Esto daba a entender que el jefe de los agentes de inteligencia, en su misión de neutralizar a Salomón, había solicitado apoyo a niveles superiores y esta llamada fue filtrada y comunicada a su líder máximo. Por esta razón, el nivel de seguridad nacional lo elevaron a un estado de alerta preventivo hasta confirmar la situación existente.

En ese momento fue interceptada una llamada del líder máximo al jefe del Servicio de Inteligencia quien solicitaba más información de lo que estaba pasando.

La respuesta del jefe del Servicio de Inteligencia fue que estaban tras la pista de un agente de la Central de Inteligencia en su territorio, que ya habían ubicado el lugar y que estaban realizando una operación para capturarlo vivo. El líder máximo les exigió que lo mantuvieran informado de la captura para hacerla pública. El estado de alerta volvió a su normalidad, dando tranquilidad a la Operación de Engaño.

Los agentes de inteligencia y Salomón estaban próximos al lugar donde se encontraban los helicópteros. Salomón lamentó la pérdida del amigo evangelizado y también la de los papeles donde había escrito sus plegarias estando cautivo. A pesar de las dificultades lograron llegar a los helicópteros. Los pilotos se aseguraron de la presencia de Salomón, lo colocaron en el helicóptero, el cual tenía como destino suelos de Corea del Sur.

~~~

Mario Ramos Ocaña

CAPÍTULO 10

EL PAQUETE

El puesto de mando pudo observar el embarque de Salomón y ver el despegue de los helicópteros. De inmediato, el piloto comandante de la operación de los helicópteros transmitió al puesto de mando de la Central de Inteligencia que ya tenían en sus manos "el paquete", y que se dirigirían al punto inicial de partida. Este recibió las gracias del operador. Los pilotos realizaban maniobras de vuelo rasante para seguir evitando los radares enemigos. La Central de Inteligencia detectó salidas de aviones de combates de una base aérea cercana. La ventaja era que los helicópteros volaban en dirección opuesta a la base aérea. Estos tenían un tiempo de vuelo que, al compararlo con el tiempo de aproximación de los aviones de combate, para cuando lanzaran sus misiles destructores, los helicópteros ya estarían cruzando la frontera.

Antes de cruzar la frontera, uno de los aviones de combate lanzó dos misiles destructores, lo cual puso en alerta a los pilotos de los helicópteros, estos de manera inmediata informaron a su base.

Los pilotos recibieron como respuesta que mantuvieran su ruta y formación. Uno de los puntos estratégicos de defensa fronterizos de Corea del Sur lanzó dos misiles interceptores de misiles. Estos tienen una precisión del blanco un noventa y cinco por ciento. Pasados unos escasos segundos de tiempo lograron derribar los misiles enemigos, y en ese instante los helicópteros entraron a suelo de Corea del Sur.

Una vez se encontraba Salomón en territorio amigo, el tercer grupo antiterrorista que cuidaba la bomba atómica desactivada e inhabilitada, recibieron la orden de abandonar el lugar y de realizar su movilización a la frontera de Corea del Sur. La misma movilización la debía realizar el segundo grupo antiterrorista y los misioneros católicos evangelizadores empeñados en el mantenimiento de la Paz.

Salomón fue llevado a un lugar secreto. En este lugar le hicieron una evaluación médica por su condición física. En esta oportunidad no hubo necesidad de realizarle extracción de sangre. Un médico de la Central de Inteligencia estuvo presente.

El señor presidente pudo presenciar personalmente el exitoso rescate de Salomón por satélite. Este de inmediato se levantó de su silla e impartió la orden al director de la Central de Inteligencia de que trasladasen de inmediato a Salomón a los EE. UU., y que lo hicieran en un avión especial de la Central de Inteligencia de la manera como fue trasladado su padre David. Les agradeció a todos los colaboradores presentes y le pidió al director de la Central de Inteligencia que les hiciera llegar a sus agentes involucrados en la misión, sus felicitaciones y su más sincero pésame a los caídos en el cumplimiento de sus roles.

—¡Son héroes anónimos de nuestra nación, recordados por sus familiares y la familia de la Central de Inteligencia! —exclamó el presidente.

Salomón fue trasladado con el agente antiterrorista en el avión de la Central de Inteligencia a los EE. UU. En el avión solicitó un teléfono celular para comunicarse con su familia. Le pidieron que por medidas de seguridad esperara llegar a los EE. UU., asegurándole que su familia estaría en el aeropuerto esperando su llegada. El señor director de la Central de Inteligencia le comunicó por teléfono a la esposa de Salomón que ya lo tenían con ellos. Su escolta de protección tenía la orden de llevarla a uno de los hangares en el aeropuerto que estaba a orden de la Central de Inteligencia. Esta de inmediato se dirigió al aeropuerto con sus hijos, y aunque recibió con mucha alegría la noticia, después de cerrar el teléfono, lloró de tristeza porque tenía que infórmale a Salomón sobre la muerte de su padre.

Llegó el momento esperado, Salomón aterrizó en Washington D.C. Cuando se abrió la puerta de la aeronave en el hangar que pertenecía a la Agencia Central de Inteligencia, salió Salomón y al bajar estaba el señor presidente, el señor secretario de defensa, el señor director de la Central de Inteligencia, el comandante general del ejército y el comandante general de la base del experimento de la Puerta Estelar. Al lado del señor presidente se encontraba la esposa de Salomón y sus hijos. Salomón caminó hacia ellos, recibiendo un caluroso abrazo de su esposa e hijos, posteriormente, saludó al señor presidente y demás miembros. En eso observó para todos lados y le preguntó a su mujer:

—¿Y mi padre?

Su esposa con lágrimas en los ojos le dijo que su padre había fallecido. Salomón se apartó de ellos y le expresó al Dios vivo Todopoderoso, que él entendía el por qué le había ocultado la muerte de su padre, ya que sabía cómo él se sentía en esos momentos. Le pidió a Dios que se acordara de él en el día de la resurrección.

De pronto se le acercó su esposa para entregarle el anillo de su padre. Cuando este vio el anillo su rostro se iluminó, se lo colocó en su mano derecha dándole nuevamente gracias a Dios por darle a conocer que la fe debía estar dirigida a él en todo momento. Salomón expresó que siempre llevaría el anillo para recordar la fe de su padre hacia el Dios vivo Todopoderoso, a quien escuchaba cuando realizaba sus oraciones, y sus sueños lo llevaban a lugares extraordinarios como le sucedía a su bisabuelo Kevin. Indicó también que seguirá manteniendo la "La Lámpara Encendida" como la mantuvo su padre y que la trasmitiría de generación en generación. Finalizó su discurso prometiéndole a su familia que les daría un anillo para que supiesen que solo existe un Dios vivo Todopoderoso y para que se condujeran siempre por los caminos del bien, el amor y la paz.

Salomón regresó al lugar donde se encontraba el presidente y le pidió disculpas.

—No tienes que pedir disculpas Salomón —dijo el señor presidente.

—Todos ustedes recibirán un anillo bendito como el que tenía mi padre, con el propósito de no olvidar lo sucedido y trasmitirlo a quienes los releven, proporcionándoles uno, para que tengan presente la fe en el

Dios vivo Todopoderoso, para que nos mantenga unidos y podamos seguir venciendo el mal en todas sus formas. —expresó Salomón.

Después de tener una larga conversación con los presentes, Salomón le pidió permiso al señor presidente para retirarse del lugar e ir con su familia al sitio especial donde se encontraba el cuerpo sepultado de su padre. Los agentes de escolta de protección de la Central de Inteligencia siempre estarían disponibles para darle el amparo adecuado.

El señor presidente le dijo a Salomón que podía retirarse y que después se encontrarían para seguir conversando.

Salomón se retiró con su familia del hangar, este fue escoltado por los agentes de protección de la Central de Inteligencia. Minutos después, el señor presidente les expresó a los presentes con un rostro optimista que, pasarían a la parte diplomática. Indicó, primeramente, que debían comunicarles a los países involucrados su agradecimiento por su paciencia y por esperar hasta el rescate de Salomón, para que posteriormente, pudiesen realizar sus pronunciamientos en sus países de la difícil situación en que la nación se encontraba. Estos utilizarían la vía diplomática para anunciar las medidas a tomar.

El señor presidente de los EE. UU. también hizo público los sucesos que evitaron un apocalipsis nuclear si se hubiese fallado en el intento, la nación norteamericana, sus aliados y el resto del mundo estarían destinados a sufrir pérdidas humanas, inclusive, poner en peligro su existencia.

—Tenemos la suficiente inteligencia sobre el jefe del Servicio de Inteligencia de Corea del Norte, que juntamente con militares y políticos crearon de una forma siniestra un complot para derrocar a su líder máximo, el plan consistía en desprestigiarlo internamente, debilitarlo y deponerlo de su envestidura. —dijo el señor presidente.

Se esperaba que los involucrados en la desestabilización mundial, prestaran suficiente atención a las declaraciones dadas por el señor presidente de los EE. UU. y sus aliados, que aparte de que estaban preparados para una defensa y una ofensiva, también estaban preparados para evitar una guerra. En realidad, ya se había impedido una guerra con el objetivo de seguir manteniendo la Paz en el mundo.

—Los interesados en destituir el poder del líder máximo de Corea del Norte, optaron por una idea siniestra como lo expresé hace unos momentos. Estos pensaban detonar bombas atómicas en la República

Popular China, Rusia y en su propio país, sin embargo, todas fueron desactivadas e inhabilitadas. Las pruebas están allí y cada país por sus canales diplomáticos, hará lo que tengan que hacer —expresó el señor presidente de los EE. UU.

Las pruebas fehacientes de las bombas atómicas se encontraban en el territorio de Corea del Norte, con las coordenadas exactas donde estaban desactivadas e inhabilitadas. Estas bombas atómicas fueron colocadas, mas no activadas, ya que la República Popular China y Rusia, en su uso de agentes especiales antiterroristas, lograron neutralizar y destruir a las células terroristas. Lo mismo se logró en Corea del Norte, gracias a un grupo de insurgentes dentro de su país y conocedores del área, a los cuales se le agregaron los expertos desactivadores de explosivos en este tipo de artefactos. Del mismo modo, realizaron dentro de la operación, la neutralización y destrucción de los terroristas, y explicándoles el grave peligro en que se encontraban, solo se les fue proporcionado al equipo desactivador especializado en bombas atómicas.

En ese momento, el presidente se comunicó con el líder máximo de Corea del Norte, indicándole que las bombas atómicas fueron trasladadas por una de las células de un grupo terrorista entrenado por el

Servicio de Inteligencia de su país, bajo el mando de su jefe directo. Por tal motivo, se dedujo que ese grupo fue creado sin su consentimiento. Indicó también que el entrenador de estos grupos terroristas fue abatido según la inteligencia recibida. Este le hizo énfasis en que le preguntara de la existencia de este grupo a su jefe del Servicio de Inteligencia, al comandante del ejército y algunos copartidarios políticos, que en realidad ya no serían sus copartidarios.

Al otro lado de las fronteras de Corea del Norte, la República Popular China y Rusia hicieron público lo sucedido, dándole credibilidad a la información difundida por el señor presidente de los EE. UU., corroborando las informaciones y difundiéndolas como inteligencia. Era muy importante informar que el líder máximo de Corea del Norte tenía, y seguiría teniendo, un complot en su contra mientras no realizara una limpieza de estas personas que deseaban deponerlo del poder.

La Haya tenía un paquete de nombres los cuales serían llamados a juicio en caso de comprobar su participación en los sucesos que pudieron causar un apocalipsis. El país que les diera protección estaría expuesto a sanciones expedidas por el Consejo de Seguridad de las Naciones Unidas.

El director de la Central de Inteligencia ordenó el reemplazo de todos los agentes que estuvieron en las operaciones en Corea del Norte para proteger sus integridades físicas y las de la Central de Inteligencia.

El líder máximo de Corea del Norte realizó sus respectivas investigaciones con otras agencias de inteligencia y con su servicio de protección personal. Al corroborar las informaciones suministradas por los presidentes de EE. UU., la República Popular China y Rusia, realizó varios arrestos, incluyendo la del jefe del Servicio de Inteligencia, algunos militares de alto rango y políticos de su partido.

Al pasar los días, Salomón fue llevado a la Central de Inteligencia para reunirse con el director de la Central de Inteligencia.

Salomón entró a la oficina del director y lo saludó, posteriormente, fue llevado a un salón en donde se encontraban el señor presidente de los EE. UU., el señor secretario de defensa, el comandante general del ejército y el de la base del experimento de la Puerta Estelar. Salomón fue saludado por todos los presentes. Luego, el director de la Central de Inteligencia tomó la palabra y expresó lo siguiente:

—Señor presidente, la Central de Inteligencia desea que usted le entregue la medalla al valor a Salomón, conferida por la Central de Inteligencia, y también que le entregue la misma condecoración a un señor que desde hoy estará con Salomón dándole la protección personal.

De pronto, apareció el agente antiterrorista, el cual fue saludado por Salomón con un fuerte abrazo. Inmediatamente, el director de la Central de Inteligencia llamó a otra persona y le informó a Salomón que la persona que estaba viendo era su compañero de celda. Este fue también abrazado por Salomón con mucha alegría.

—Hay otra persona más a condecorar conocida por usted —dijo el director de la Central de Inteligencia.

Para sorpresa de Salomón, era el amigo evangelizado. Cuando este lo vio, caminó hacia él dándole un fuerte abrazo, le expresó la gran alegría que sentía por verlo de nuevo.

El amigo evangelizado no perdió oportunidad y le dijo:

—Salomón, al separarme de ti, vi caer algo de tu camisa y rápidamente lo tomé, por las circunstancias tuve que tomar otra ruta para evitar ser capturado, pero estoy seguro que es el momento de entregárte-lo.

Salomón observó sin pestañear, como el amigo evangelizado sacó unos papeles de su vestidura. Este supo de inmediato que eran sus plegarias al Dios vivo Todopoderoso. Quedó sin palabras por un instante. Posteriormente, Salomón se dirigió al director de la Central de Inteligencia:

—Señor, quiero pedirle que el amigo evangelizado y su familia permanezcan en mi casa, ellos son una bendición para mí. ¿Es posible?

—Todos son ciudadanos norteamericanos, así que eso depende de ellos —respondió el director de la Central de Inteligencia.

El amigo evangelizado con una sonrisa, le agradeció el gesto a Salomón, expresándole que él y su familia aceptaban la petición y que este también era una bendición para él y sus seres queridos.

La actividad continuó de manera efectiva y luego, el director de la Central de Inteligencia le pidió a Salomón que dijera una oración para los agentes de la Central de Inteligencia caídos en esta misión. Salomón cedió inmediatamente diciendo:

—Mi Dios vivo Todopoderoso, bendito y alabado sea siempre tu nombre, dueño y señor de todas las cosas, del poder, la sabiduría y la gloria. Gracias por cuidar de todos y también por aquellos que fallecieron protegiéndome. Señor acuérdate de ellos en el día de la resurrección y acuérdate de sus familias. Le pediré a ellos que transmitan tus enseñanzas a sus hijos, para que ellos lo hagan con sus hijos y sea así de generación en generación. Que estén del lado del bien y se aparten de lo malo. Dios vivo Todopoderoso, ayúdanos también a guiar la juventud, para que tomen decisiones sabias y buenas, hazle saber que en los momentos buenos y difíciles tú estás ahí con ellos, que no se sientan solos, que sean más fuertes, estén llenos de esperanzas y mantengan la "Lámpara Encendida". Amén.

Salomón saludó a sus amigos científicos expresándoles que el Proyecto Cuantium podría ponerse en pie nuevamente en su momento, espacio y tiempo, y que sea el Dios vivo Todopoderoso su guía de ellos y de todo lo que hagan. Este les indicó que si Dios lo permitía se volverían a reunir. Finalizó su encuentro recordándoles que no tenían que perder nunca las esperanzas, porque al final estaba la luz.

Pasado los actos y luego de haber saludado a todos los presentes, Salomón le habló al señor director de la Central de Inteligencia a solas. Le expresó que todo lo sucedido anteriormente fue porque Dios permitió que pasara, para poder cumplir sus propósitos en lo espiritual, donde ganaría más almas en la dirección correcta, para que le temieran y lo amaran.

—Gracias Salomón, estás en lo correcto. Permanentemente debemos buscar y mantener la Paz. En ocasiones el mal ha querido tomar fuerza, amenazando con atentados terroristas para causar el terror y desestabilizar el orden mundial. A ese mal se le tiene que neutralizar y destruir —afirmó el director de la Central de Inteligencia,

Salomón y el director de la Central de Inteligencia continuaron hablando un par de minutos más. Finalizada la conversación, se despidieron uno del otro.

~~

CAPÍTULO 11

NUEVA PUERTA ESTELAR

Minutos después, el agente de Inteligencia A-1 se reunió con el señor director de la Central de Inteligencia. La garita de entrada y salida de las instalaciones recibió la orden de realizar una llamada al señor Salomón para informarle que el director de la Central de Inteligencia deseaba hablar con él nuevamente. Este accedió y regresó a la oficina del director de la Central de Inteligencia.

Cuando Salomón se dirigía al lugar, pudo darse cuenta de que el director no se encontraba solo, este se encontraba en compañía del agente de Inteligencia A-1. El señor director muy amablemente se disculpó con Salomón por hacerlo regresar nuevamente y le dijo:

—Salomón, mi intención es que escuches la inquietud del agente de Inteligencia A-1.

—¡Estoy listo para escucharlo! —respondió Salomón de manera muy amable.

En ese momento el agente de Inteligencia A-1, tomó la palabra y se dirigió específicamente a Salomón diciéndole:

—A mí se me ha caracterizado por dar información A-1, pero haré esta vez una excepción, ya que no podrás corroborar la información que recibiste antes de ser capturado. Sé perfectamente que ambos recordamos al jefe instructor de los terroristas.

—¡Claro que sí! —exclamó Salomón.

—Bien, pues, obtuve información de que el jefe instructor terrorista tenía reuniones con grupos terroristas existentes de AL Qaeda, Hez bola, ISIS, Hamas. Sí, como lo escuchas. —continuó explicándole el agente de Inteligencia A-1 a Salomón—, el instructor terrorista estaba planeando darte unas cápsulas con un virus letal en su interior, que al romperse se propaga al hacer contacto con el aire.

Salomón observaba atentamente al agente. Este alargó su esclarecimiento indicando que los efectos de ese virus eran mortales, ya que mataba las células del cerebro tanto animal, como humano y que, a los pocos minutos de que alguien fuese infectado, este lo podía transmitir por medio del sudor. El agente fue claro al decirle que la intención era trasportar el virus a América por medio de los migrantes, ya que ellos eran muy vulnerables por su condición humana y situación. Estos iban a ser utilizados hasta llegar a México, en donde establecerían contacto con células terroristas pasivas que se infiltrarían con anticipación. Estas células pasivas se encargarían de asegurar las cápsulas con la intención de introducirlas ilícitamente a los Estados Unidos de Norteamérica.

Este también hizo énfasis en que la persona que había proporcionado la información, no la podía catalogar como confiable, porque era un informante con poco tiempo de ser reclutado. Estas fueron una de las primeras informaciones que obtuvo, la cual no pudo confirmar, puesto que no logró contactar nuevamente al informante.

—Cuando transmití las demás informaciones de las bombas atómicas, era porque pude confirmar la veracidad de la información —finalizó la conversación el agente de Inteligencia A-1.

El agente pensó que había hecho lo correcto dándoles esta información no confirmada, para que otros pudieran verificarla o en su defecto, descartarla. Este al finalizar su discurso le pidió al señor director de inteligencia permiso para poder retirarse. La solicitud fue concedida, quedándose a solas el director con Salomón.

El director de la Central de Inteligencia se dirigió a Salomón y le preguntó su opinión al respecto. Este le respondió que prefería escuchar su opinión primero.

—Bueno, tenemos que salir de dudas y buscar más información y de ser necesario, debemos construir nuevamente la Puerta Estelar con los errores corregidos —dijo el director de la Central de Inteligencia.

Salomón le propuso al director de la Central de Inteligencia que trabajaran en la confirmación de la información y que él se ocuparía en descubrir los errores y perfeccionar la Puerta Estelar. Lo que si pidió Salomón es que siempre que se mantuviera el respeto a lo creado por Dios, ya que, de traspasar esos límites, de seguro él tomaría cartas en el asunto, ordenando todo de acuerdo con sus propósitos.

—¡Así es y así será! —exclamó el director de la Central de Inteligencia.

Consecutivamente, Salomón se reunió nuevamente con los científicos del Proyecto Secreto Cuantium, con el consentimiento del director de la Central de Inteligencia, para darles a conocer el por qué deberían construir a la mayor brevedad posible la Puerta Estelar nuevamente, con los errores corregidos.

Los científicos al escuchar a Salomón, le confirmaron que estarían dispuesto a construirla nuevamente. Salomón procedió a informarle a su familia que estaría ausente por poco tiempo y que esa ausencia sería justificada. Posteriormente, se dirigió al lugar donde se encontraba sepultado su padre y en su meditación expresó en forma hablada que debería construir nuevamente la Puerta Estelar, afirmando que mantendría los cuidados y consejos que su padre le había dado en vida.

De regreso a la base donde se iba a construir la nueva Puerta Estelar, Salomón fue recibido una vez más por el grupo de científicos, el comandante general de la base, el secretario de defensa y el director de la Central de Inteligencia. Estos le enseñaron el lugar para la construcción de la Puerta Estelar. Salomón al ver el lugar totalmente reconstruido y con todas las computadoras necesarias, se sintió animado y exclamó en voz alta:

—¡Señores la vamos a construir y lograremos activarla nuevamente!

Salomón les comentó a los científicos que tenían que hacer todo paso por paso y con mucho cuidado. Era sumamente importante que verificaran al detalle todo lo referente a la Puerta Estelar.

Por medidas de seguridad habían guardado todos los datos en otra computadora idéntica a la usada en la Puerta Estelar anterior. En muy poco tiempo, Salomón y los científicos comenzaron la construcción de esta. Cuando Salomón observó que la mitad de la Puerta Estelar estaba construida, se emocionó a tal punto que sus lágrimas recorrieron su mejilla y en silencio oró por la sabiduría obtenida por el Dios vivo en la construcción de esta, subsanando los errores de la anterior. Salomón mantuvo siempre ese secreto por sus propias medidas de seguridad.

Cuando los científicos terminaban sus labores, Salomón se quedaba unas horas extras revisando y corrigiendo algunos detalles. Sabía que al finalizar la construcción de la Puerta Estelar vendrían las pruebas, y que estas solo tendrían éxito en base a las correcciones que había logrado hacer.

Cierto día, Salomón le informó al comandante de la base la finalización de la construcción de la Puerta Estelar, también le informó al director de la Central de Inteligencia y este a su vez, le informó al secretario de defensa, y al señor presidente. De igual manera, el comandante general de la base le comunicó al comandante general del ejército. Un momento después, el director de la Central de Inteligencia y Salomón acordaron el día y la hora de la prueba.

Llegó el día esperado, y Salomón se encontraba frente a los convocados en una instalación segura en donde podían observar la Puerta Estelar. Este les dio el agradecimiento por haber confiado en él para tal construcción y los invitó a conocer la Puerta Estelar de cerca.

Todos empezaron a contemplarla y el señor presidente procedió a dar sus agradecimientos a Salomón y a su equipo de científicos, los cuales lo acompañaban en la construcción de la Puerta Estelar una vez más. El presidente les aseguró que esta sería utilizada en el mantenimiento de la paz mundial.

Terminado el protocolo, todos se colocaron en el cuarto especial, en donde podían observar la activación de la Puerta Estelar sin peligro alguno. Salomón se dirigió al señor presidente y le dijo:

—Cuando usted diga señor.

El señor presidente autorizó a Salomón para que realizara la primera prueba de la Puerta Estelar y Salomón procedió a dar la orden de la activación de la misma.

Todos observaron muy detenidamente, al llegar la energía al lugar correspondiente majestuosamente esta se abrió y todos quedaron muy impresionados por lo que estaban viendo. Los científicos y Salomón se miraron y saludaron por el logro obtenido, habían abierto la Puerta Estelar una vez más. Al cerrarla, la emoción fue más grande porque pudieron controlarla y estabilizada.

El presidente y demás personas presentes estaban felices por la hazaña y felicitaron a Salomón y científicos encargados de realizar los trabajos. Después de los saludos y felicitaciones, Salomón se apartó y dio gracias al Dios vivo por haberle dado la sabiduría y habilidad de corregir los errores anteriores.

Salomón en ningún momento dio a conocer la corrección de los errores por medidas de seguridad. Este se aseguró de que estas permanecieran en secreto y que no se llegase hacer una duplicidad sin su conocimiento.

Este pensó también en que, si la Puerta Estelar era desmantelada, los errores corregidos automáticamente se activarían. De armarla nuevamente y querer utilizarla, causaría una explosión como la primera Puerta Estelar.

Finalizada la primera prueba, los científicos entraron al lugar para realizar una minuciosa revisión y asegurarse de que todo estuviese en orden.

Después de la exploración le informaron a Salomón que todo funcionaba correctamente. Minutos más tarde, el presidente se reunió con Salomón y le informó que tenía el conocimiento de los planes a seguir, este le deseó muchos éxitos, se dirigió también al equipo de trabajo agradeciendo su atención y se retiró de la base militar.

Salomón le hizo saber al secretario de defensa, a los comandantes generales y al director de la Central de Inteligencia que se realizarían dos pruebas más, y de salir todas bien, abrirían Puerta Estelar y realizarían el viaje al punto deseado. En ese momento, el director de la Central de Inteligencia habló con Salomón antes de retirarse del lugar y acordaron que, al terminar las otras pruebas, se reunirían para concretar el plan del viaje y para conseguir el visto bueno del presidente. Al obtener el visto bueno el plan pasaría entonces a orden de operaciones.

Salomón y los científicos realizaron las pruebas necesarias para asegurarse de que la Puerta Estelar fuese activada, realizara la trasportación o el viaje estelar, y para programarse posteriormente a través del agujero de gusano. Al ver Salomón que todas las pruebas fueron efectuadas exitosamente, se le comunicó al señor director de la Central de Inteligencia.

Estos acordaron reunirse para concretar los últimos detalles. Fue usada como guía la orden de operaciones anterior del primer viaje, en este caso, serían más precisos porque tenían la coordenada exacta, la hora aproximada, el día, el mes y año en el país de Corea del Norte.

El director de la Central de Inteligencia se reunió con Salomón en la Central de Inteligencia para darle detalles y para que el informante A-1 reconociera que él era una persona amiga. Este quería que le permitiera estar en el lugar donde se reunió con el informante que le había dado la información acerca de un virus contagioso que sería transportado por inmigrantes a EE. UU. Salomón le comunicó al director de la Central de Inteligencia que esta vez el viaje sería al pasado, esperando que todo se realizara de acuerdo con lo planeado.

—Señor, ¡la Puerta Estelar está lista, al igual que mi persona! —exclamó Salomón.

El director de la Central de Inteligencia realizó los protocolos exigidos y obtuvo el visto bueno del presidente. De manera inmediata puso al tanto a Salomón, acordando el día, la hora, mes y año en que estaban.

Llegó el día establecido para dar inicio a la orden de operaciones. En la base militar se encontraban los comandantes generales autorizados, los científicos, Salomón y el director de la Central de Inteligencia. El secretario de defensa y el presidente no podían estar por compromisos importantes que tenían que atender personalmente, autorizándoles al director de la Central de Inteligencia que diera inicio a la operación.

Salomón recibió el visto bueno de activar la Puerta Estelar. Todos los presentes pudieron apreciar una vez más como esta se abría. En eso, Salomón entró al área y se condujo con toda la información que iba a necesitar en el dispositivo que activaría la Puerta Estelar.

Este procedió a darle el punto exacto para que fuese absorbido por el agujero de gusano y fuese regresado nuevamente al punto de partida.

Todos observaron con mucha atención el momento en que Salomón colocó su cuerpo cerca de la Puerta Estelar y fue absorbido por el agujero de gusano.

Al cumplirse el tiempo cerraron la Puerta Estelar con la intención de abrirla nuevamente de acuerdo con lo establecido en la orden de operaciones.

Salomón salió del agujero de gusano en el punto indicado y comenzó a buscar un lugar para evitar ser visto. De inmediato pensó en el tiempo, quería saber si había viajado al pasado, ya que solo le quedaría esperar en el lugar al informante A-1 para darle respuesta a su inquietud. No podía determinar si se encontraba en Corea del Norte porque el lugar era cerrado y apartado. Las descripciones del lugar dadas por el informante A-1 en su entrevista con Salomón antes del viaje, eran muy parecidas, eso lo tranquilizó un poco y decidió esperar en el lugar hasta la hora establecida de la reunión del informante A-1 y el otro informante. En ese momento la espera era primordial para Salomón, ya que quería evitar alterar lo planeado. Salomón se mantuvo atento toda la distancia y observó el lugar desde donde se encontraba encubierto. Estando cerca del tiempo establecido, Salomón comenzó a inquietarse un poco observando más detenidamente a su alrededor. Fue entonces cuando pudo divisar una persona que se acercaba al lugar con vestimenta parecidas a las que él estaba utilizando. A medida que esta persona se le acercaba fue sintiendo una emoción positiva porque el hombre que lograba divisar, era claramente el informante A-1, esto le indicaba que definitivamente había viajado al pasado a través de la Puerta Estelar en el agujero de gusano.

Salomón le había pedido en el presente al informante A-1 información sobre su familia y en especial sobre un recuerdo agradable de su niñez. Esto le permitiría a Salomón saber que podía abordarlo con facilidad, y para que el informante A-1 aceptara su presencia en el lugar y supiera que eran fuerzas amigas. El informante A-1 se encontraba ya en el lugar y Salomón lo llamó por su nombre. El informante A-1 se puso en guardia sacando un arma blanca y le advirtió a Salomón que, si se le acercaba, este se defendería. Fue ahí donde Salomón procedió a identificarse y le dio a conocer toda la información que el mismo le había proporcionado en el presente. El informante A-1 a pesar de que estaba a la defensiva y un poco desorientado, escuchaba muy detenidamente lo que decía Salomón.

Salomón se identificó como un agente de la Central de Inteligencia y le señaló a este que también era uno de ellos. El tiempo era muy apremiante, por lo que Salomón procedió a informarle que iba a tener un encuentro dentro de poco tiempo en ese lugar con un informante de él, y que era mejor estar tranquilos para poder conocer más en detalle la información que recibiría de su informante. Posterior a esto, siguieron hablando del por qué Salomón sabía todo eso.

Salomón volvió al sitio de encubrimiento para que el informante A-1 pudiera entrevistarse con el informante. A los pocos minutos, el informante llegó y empezó a hablar con el informante A-1. De pronto, este último empezó a llamar a Salomón y cuando el informante lo vio, se asustó mucho, ya que el físico de este era diferente al de ellos, lo cual era muy notable.

El informante A-1 lo tranquilizó diciéndole que era un amigo, procediendo a presentárselo. Salomón le indicó que la información que él tenía es muy importante, y que siempre estarían muy agradecidos con él.

Cuando todos se tranquilizaron, Salomón le pidió al informante le participara todo lo que sabía utilizando las palabras: quién, qué, dónde, cómo y cuándo.

Salomón le preguntó al informante:

—¿De quiénes nos tienes que informar?, ¿qué están planeando?, ¿dónde se les puede ubicar?, ¿cómo piensan ejecutar sus planes?, ¿cuándo pondrán en marcha el plan que tienen?

El informante A-1 pudo entender de acuerdo con las preguntas de Salomón, que este tenía conocimiento de los datos que el informante poseía.

El informante comenzó a responder las preguntas de Salomón diciéndole que existía un grupo de personas vinculadas a una organización terrorista clandestina que se dedicaba al tráfico de armas, a la trata de blanca, al reclutamiento de personas para pasarlos a células activas terroristas y que por este trabajo recibían una remuneración. Este grupo había traído a sus instalaciones a otros individuos, los cuales solamente realizaban trabajos en la noche y durante el día la instalación era en un pequeño depósito de medicamentos.

—Puedo hablar detalladamente de esto porque yo soy el que realiza la limpieza de toda el área del depósito. En este depósito existe un piso debajo (sótano) que, para poder ingresar a él, se tiene que abrir una puerta y después bajar unas escaleras. Tenía mucha curiosidad por saber que había en ese sótano, así que logré crear una llave que pudiera abrir la cerradura de la puerta. Logré entrar un día y pude darme cuenta de que el sótano era un laboratorio químico. Pude ver un logo que indicaba que lo que estaba dentro de un cuarto con paredes de vidrio y con puertas herméticas, era radiactivo. Cierto día, al finalizar la limpieza en la instalación, me encontraba guardando mis implementos y cuando me alistaba para salir escuché hablar a dos de las personas que acostumbraba a llegar regularmente a esa hora a la instalación —dijo el informante.

Salomón y el informante A-1 observaban y prestaban muchísima atención a la historia, mientras que el informante continuó detallando el suceso tratando de recordar todo.

—Entonces decidí quedarme quieto y callado y pude escuchar de una de las dos personas que iban a obtener mucho dinero cuando terminaran la creación del virus contagioso, que las cepas que contendrían el virus valdrían mucho dinero y la célula terrorista que las quería contaban con ese capital. Ciertos días se reúnen todos y un día el encargado me notificó un día antes que no fuera a trabajar. Aparentemente todos bajan al sótano, lo sé por las múltiples y diferentes huellas de calzado que veo frente a la puerta que da al sótano cuando regreso al otro día a realizar la limpieza más temprano —explicó el informante.

El informante continuó con su explicación, alegando que por suerte había tenido un acercamiento con el informante A-1 por cosas del destino, y que le hizo ciertos comentarios de lo anteriormente mencionado. El informante A-1 le interesó el dato obtenido, le pidió que fuese su informante y le ofreció apoyarlo en muchas cosas. El informante no aceptó ninguna prebenda, ofreciéndole seguir con el suministro de información, ya que sabía que las pretensiones de aquellas personas no eran buenas, estas seguramente querían hacer daño, sin mencionar el peligro que podrían correr todas las personas que vivían cerca del lugar, incluyendo su propia familia.

—¿Qué distancia más o menos existe entre las casas y la instalación? —preguntó Salomón.

—Sería de 100 metros o más.

—¡Entonces creo que puedo darte algo que tengo! —exclamó Salomón con un gesto positivo.

Salomón le mostró un bolígrafo dividido en dos partes y le comenzó a explicar la importancia de ese instrumento de escritura. Salomón le confesó que era una bomba miniatura de gran potencia, que podría destruir la instalación totalmente sin hacerle daño a las casas a su alrededor, y que, si esta era colocada en el depósito, de esta manera la explosión sería hacia arriba.

Si se unían las dos partes del bolígrafo y se presionara el botón superior hacia abajo, la bomba se activaría en un tiempo de 2 segundos. Este debía ser colocado en un lugar que fuese fácil de encontrar por alguno de los terroristas.

El informante sabía que la situación era muy riesgosa, sin embargo, accedió a realizar la misión.

Salomón estaba consciente que le quedaba poco tiempo, se despidió del informante agradeciéndole todo el apoyo y su confianza. Cuando se dirigió al informante A-1, lo hizo con seguridad y firmeza. Salomón le dijo:

—Quiero que sepas que nos volveremos a ver en algún momento nuevamente.

Salomón empezó a alejarse del lugar y tomó el camino para llegar al punto exacto donde lo había dejado el agujero de gusano. Estando en el punto exacto de absorción, envió la señal por medio de un aparato portátil. Los científicos en el presente recibieron la señal exactamente y a la hora indicada, los cuales notificaron y recibieron la autorización para abrir nuevamente la Puerta Estelar.

Esta se activó y se abrió, y a los pocos segundos el agujero de gusano lo colocó en la Puerta Estelar e inmediatamente Salomón salió. Este caminó y segundos después, la desactivaron. Salomón fue conducido rápidamente a una sala médica para una revisión y para poder constatar que todo estaba bien. El médico encargado le dijo a Salomón:

—Ya tenemos los resultados. ¡Usted está perfectamente bien!

Minutos después, Salomón fue saludado por sus amigos científicos y posteriormente pasó al salón de reuniones donde fue recibido por el señor presidente, el señor secretario de defensa, el director de la Central de Inteligencia y los comandantes generales. Salomón los saludó a todos estrechándole las manos.

Al finalizar el saludo, Salomón, se dirigió al director de la Central de Inteligencia, le dio unas coordenadas y le preguntó:

—¿Hubo alguna explosión cerca de esas coordenadas mientras yo me encontraba cautivo?

—Sí, hubo una explosión cerca de estas coordenadas —respondió el director de la Central de Inteligencia.

—Entonces la misión se cumplió. ¿Sabe usted lo que está pasando?

—La verdad, no. Solo sabíamos la hora en la que teníamos que estar para recibirlo nuevamente y preguntarle cómo le había ido en su viaje a través del agujero de gusano al traspasar la Puerta Estelar.

Salomón, al escuchar las respuestas del director de la Central de Inteligencia, sabía que algo no encajaba, pero, no encontraba qué era, ya que todo lo demás lo veía igual. Todos los presentes observaron que la Puerta Estelar se encontraba en perfecto estado y sin novedad en su uso. El señor presidente le agradeció a Salomón por todo su trabajo y se retiró del lugar. Salomón al salir del salón de reuniones, saludó nuevamente a sus amigos científicos conversando un par de minutos más con ellos.

* * *~\~~* * *

CAPÍTULO 12

ANÁLISIS DE INTELIGENCIA DE SALOMÓN

Salomón se retiró de la base militar y se dirigió a su casa. Este siempre había estado escoltado por su seguridad permanente.

Durante todo el trayecto, Salomón continuaba con muchas interrogantes sin encontrar las respuestas.

El escolta jefe de la seguridad le informó a Salomón que estaban llegando a su residencia. Al entrar, a través de la ventana del vehículo, logró divisar a una persona a un costado de su casa, esta persona no le era familiar. Al bajar del vehículo se dirigió a donde estaba este individuo y exclamó:

—¡Señor, espere!

El hombre dio un giro para darle el frente a Salomón y le respondió:

—Diga señor Salomón, me alegra verlo nuevamente en casa.

Salomón quedó impresionado porque a quien veía en su casa era al informante y no al informante A-1. Salomón se dice en voz baja:

"¡He alterado la historia!".

En eso llegó el informante A-1, lo saludó y le dio la más cordial bienvenida a casa; notificándole también, que su familia estaba ansiosa por saludarlo. Salomón reflexionó y esta vez, haciendo una corrección dijo en voz baja: *"Esto quiere decir que no alteré la historia, mejor no haré preguntas"*. Se despidió de sus amigos y entró a la casa.

El informante le dijo al informante A-1 que sintió a Salomón un poco extraño, en eso este le respondió:

—Seguramente es por el exceso de trabajo que tiene, mañana seguro estará bien. Lo importante es que está de regreso a casa.

—¡Así es! —concluyó el informante.

Salomón continuó con su vida normal, pero en su mente tenía presente que la Puerta Estelar estaba funcionando correctamente, y esperaba que esta no fuese usada a espaldas de él. Si esto llegara a pasar, podría surgir una desprogramación automática y repetirse lo de la Puerta Estelar anterior.

La otra preocupación era que no fuese usada para alterar la historia, en caso de viajar al pasado. Salomón entendió que el libre albedrío del ser humano podría ser frenado por Dios en caso de que quisiesen realizar actos desconociendo la autoridad divina, la advertencia dada fue lo sucedido con la primera Puerta Estelar.

Salomón en sus razonamientos presentía que la Puerta Estelar estaba programada solo para transportarlo a él por los trabajos que hizo. Esos trabajos los realizó impulsado por una fuerza interna lo cual lo manejaba llevándolo directamente al lugar en donde tenía que hacer la corrección. Esa era la razón por la cual tenía esa corazonada de que la Puerta Estelar solo estaba programada para transportarlo a través del agujero de gusano al punto B y traerlo nuevamente al punto A. Este también sabía que la construcción de la Puerta Estelar le fue trasmitido a él, tendría entonces él que hacer lo mismo para que la descendencia de su linaje continuara realizando los propósitos del Dios vivo.

Días después, Salomón sostuvo una reunión con el director de la Central de Inteligencia, haciéndole saber sus inquietudes y pidiéndole que no usaran la Puerta Estelar con otras personas o materia inerte, ya que podría producirse un desastre muy lamentable. Le dio a conocer también lo sucedido después del viaje al pasado y que, al regresar a la casa, no se notaba el efecto por la proximidad de la fecha.

Solo el viajero tendría conocimiento de lo sucedido anteriormente, mas no los que estaban en el presente.

—Solo se debe viajar al pasado teniendo la información como la que tuvimos nosotros para evitar daños a la humanidad y su existencia, es algo muy complejo de explicar. La Puerta Estelar debe estar protegida permanentemente. En resumidas cuentas, ¡no debe de ser utilizada! —exclamó Salomón.

El director de la Central de Inteligencia le aseguró a Salomón que la Puerta Estelar estaría totalmente hermética y custodiada, y de utilizarse, solamente sería por él y más adelante por su descendencia para realizar actos como los que se habían llegado a realizar. Luego le dijo:

—Le agradezco mucho todo lo que me ha contado. He quedado claro y por todas las historias reales que me han contado de su descendencia, dejaré protocolos a seguir, estableciendo bien lo que no se debe hacer para evitar desastres futuros.

—Es muy bueno lo de los protocolos a seguir. Por motivos de alta seguridad se debe trasmitir todo esto al que me reemplace y también aquellos que reemplacen a los que me reemplacen, en sí, todos deben saber qué hacer y qué no deben de hacer —dijo Salomón.

Salomón le agradeció nuevamente al director de la Central de Inteligencia por su sensatez y entendimiento de todo lo que le había expresado.

También le afirmó que tendrían tiempo de programar algún viaje estelar a otro planeta con fines científicos para asegurar la existencia humana en la tierra. Este definidamente siempre estaría disponible para seguir manteniendo con un paso adelante la inteligencia.

El señor director de la Central de Inteligencia recibió el agradecimiento y se dirigió a Salomón de manera muy seria dándole a conocer una inteligencia considerada como secreta:

—Se tiene conocimiento de que un país se está fortaleciendo tecnológicamente con procesos nuestros de alto secreto. De alguna manera estos han sido sustraídos, podríamos decir que hemos sido "hackeados" por terroristas y estos han vendido esa información a países que consideramos potencias mundiales.

—¡Ya me imagino lo que quiere! —exclamó Salomón.

Salomón le entregó al director de la Central de Inteligencia, tres de sus plegarias para que este recordara que no era nada agradable estar prisionero, y que estas lo habían mantenido vivo.

Dentro de las plegarias, Salomón siempre decía expresiones del Rey David, estas le hacían recordar a su padre.

Plegaria uno

Mi Dios vivo Todopoderoso, acuérdate de este gusano humano.

Mira la condición en la que me encuentro.

No dejes que me humillen, no dejes que se burlen de mí.

Que se enaltezcan a costilla mía, y digan abandonado está.

Huéspedes de maldad corren por sus venas.

Tienen los corazones endurecidos como una piedra.

Te los entrego a ti, no deseo nada malo para ellos.

Sea siempre tu voluntad, lo que pueda agregar no lo tomes en cuenta.

Mira mi señor el estado en que me encuentro.

Flaquean mis fuerzas, restablécemelas para no desmallar.

Devuélveme la vista a la normalidad.

Nubes veo pasar delante de mí, no distingo en ocasiones lo que está cerca de mí.

Esfuerzo hago para estar de pie, apenas me sostengo.

De rodillas pierdo la noción del tiempo y me cuesta levantarme.

Estoy a merced del enemigo.

Piérdelos en su camino, no dejes que se me acerquen.

De seguro su conciencia no los deja dormir a él y los que con él están.

Cuando lleguen a mí, lleguen mansos y confundidos.

Tu mano poderosa mantenla a mi alrededor, sentirla cuando pasa cerca de mí.

Me han maltratado incesantemente y me causan dolor.

Mi señor, mi señor, mi señor.

Mi Dios vivo Todopoderoso.

Detenlos, no tardes, ven pronto en mi auxilio.

Ven pronto en mi auxilio, detenlos, no tardes.

Soy uno de tus hijos favoritos.

Acuérdate de este gusano humano.

Plegaria dos

*Mi Dios vivo Todopoderoso, acuérdate
de este gusano humano.*

El odio se refleja en los ojos de los que me agreden.

Su boca escupe maldad y no te bendice.

Mueven su lengua como serpientes venenosas.

Los entrego a ti mi señor y ten compasión de ellos.

*Cada día me ciento más débil, mis huesos
se debilitan.*

No dejes que desmaye completamente.

Y que digan, lo hemos vencido.

Intentan doblegar mi espíritu, no saben
que es inquebrantable y servidor tuyo.

Fortaléceme, restáurame,
devuélveme el ánimo.

Devuélveme las fuerzas,
para seguir pensando en ti.

No veo la luz del sol.

Llena de energía mi espíritu.

Cada día es desesperante para mí.

Me causan sufrimiento, para doblegarme
y acceder a sus propósitos.

No perderé mis esperanzas en ti,
permaneceré en oración.

Sé que al final siempre hay una luz.

Aunque mi situación sea grave.

Mantendré la calma y la cordura.

Mi señor, ayúdame a no perderla,
a seguir en oración.

Mi señor, mi señor, mi señor.

Mi Dios vivo Todopoderoso.

Detenlos, no tardes, ven pronto en mi auxilio.

Ven pronto en mi auxilio, detenlos, no tardes.

Soy uno de tus hijos favoritos.

Acuérdate de este gusano humano.

Plegaria tres

Mi Dios vivo Todopoderoso,
acuérdate de este gusano humano.

Sigo en la espera de tu auxilio y así es.

Sé que no me dejaras en manos de mis enemigos.

Nada bueno les espera, por maltratar
a uno de los tuyos.

Aquél que genera mal, el mal lo alcanzará.

Aquél que genera bien, el bien lo alcanzará.

Prefiero generar bien y que tú me alcances.

Temor tengo de ti y amor.

La trinidad está en mí,

y pienso en ella cada instante.

Busco cada día hacer el bien a mis semejantes
y a tu creación.

Alegría hallen mi alma, sintiendo
un fuego incandescente.

La tristeza se desvanece como
arena entre mis dedos.

Esperaré en ti mi señor.

He perdido la noción del tiempo.

No sé la hora, ni el día, ya empiezo
a balbucear incoherencias.

Estaré atento a tu llegada, escribo
las plegarias para tener dirección en la oración.

Acuérdate de aquellos que también piden tu ayuda.

Que están en peores condiciones que la mía.

Atiéndelos mi señor, accede a sus peticiones.

Alívialos y llénalos de bendiciones.

Yo seguiré esperando en ti, como muchos lo hacen.

Mi señor, mi señor, mi señor.

Mi Dios vivo Todopoderoso.

Detenlos, no tardes, ven pronto en mi auxilio.

Ven pronto en mi auxilio, detenlos, no tardes.

Soy uno de tus hijos favoritos.

Acuérdate de este gusano humano.

El director de la Central de Inteligencia estando a solas en su oficina pudo leer las tres plegarias que Salomón le entregó, entendiendo que el tiempo en que Salomón estuvo prisionero sufrió torturas continuas a punto de desfallecer. Otro día, el director de la Central de Inteligencia se reunió nuevamente con Salomón en su oficina. Este le dijo:

—Salomón, estamos aquí en la presencia y anuencia del señor presidente, el señor secretario de defensa, comandante del ejército y el comandante de la base en donde se encuentra la Puerta Estelar y mi persona, para hacerle saber acerca de un robo de tecnología estratégica por uno o varios "hackers" terroristas. Le estoy hablando con propiedad de este hecho. La tecnología que ha sido sustraída de nuestra base de datos, era considerada impenetrable, sin embargo, fue vulnerada y "hackeada". Fuimos alertados por los sistemas de seguridad, todo fue tan rápido que no hubo forma de bloquear y localizar el lugar de esta violación. Esta situación nos ha llevado activar a nuestros agentes y agencias a nivel mundial para buscar o comprar tecnologías de cualquier índole que nos conduzcan a los posibles piratas cibernéticos.

—¿Qué clase de tecnología fue "hackeada"? —preguntó Salomón de forma muy directa.

—La tecnología es de nuevos misiles cruceros con un cerebro electrónico idéntico al Tomahawk, la diferencia es que le dobla la velocidad y el misil es en forma de esfera. Lo peligroso para nosotros es que se llegue a descifrar los esquemas tecnológicos de las informaciones tecnológicas de construcción. Estos esquemas están elaborados con ciertas características para confundir y llevarlos en otra dirección para realizar una construcción alejada de lo que he explicado. Así como existen mentes extraordinarias para "hackear", también existen mentes extraordinarias fuera de aquí que pueden lograr descifrar todo y hacer nuestro misil hasta mejor.

—Comprendo la preocupación por el robo de tecnología secreta, la cual atenta con la seguridad nacional de los EE. UU., de sus aliados y el mundo entero. Puedo entender también que en todo lo que está pasando no están involucrados los analistas de inteligencia.

—¡Es correcto! —afirmó el director de la Central de Inteligencia.

—Digo esto porque he tenido conversaciones profundas con dos personas que hoy día son parte de mi familia y ustedes saben a quienes me refiero. —continuó Salomón—, de esas conversaciones he llegado a la conclusión que el entrenador terrorista tenía un jefe y no era precisamente el jefe del Servicio de Inteligencia norcoreano, quien decíamos en nuestras hipótesis que estaba dirigiendo un complot contra su líder máximo, lo cual finalizamos como solo una teoría. El jefe del entrenador terrorista tenía acceso a todos ellos, incluyendo a su líder máximo y quizás hoy día, los siga teniendo. Seguramente sigue aprovechando toda esa influencia para utilizar sus nombres, inclusive la del líder máximo. Toda esa influencia la utilizaba con los fines que ya todos conocemos. Dentro de esas personas contactadas, podemos incluir a los científicos que ciegamente hacían lo que les pedía. Todavía esa persona está realizando actividades para sus propósitos o trabaja para otro engranaje, podría ser también el dirigente del último grupo de terroristas que fue destruido en donde se realizaban trabajos con componentes químicos para la creación de un virus letal, esperemos que haya estado en ese lugar neutralizado.

Era evidente que todo lo sucedido había desestabilizado internamente al gobierno norcoreano, que en parte tenía responsabilidad, pero de tras del poder existía un ente desestabilizador que no habían podido encontrar y que quizás ellos desconocían.

—No hemos encontrado al terrorista principal. A mi entender, este se está manejando con otro que es quien lo dirige, podría ser un país grande o pequeño en el marco armamentístico. Tal vez estábamos oyendo lo que ellos querían que oyéramos, ¡lo falso! Ahora ustedes están oyendo ¡lo verdadero! —dijo Salomón con énfasis.

Según Salomón, los analistas de la Central de Inteligencia habían dado los resultados correctos de lo que se había escuchado, sin embargo, él estaba dando los datos correctos de lo que vio y analizó más claramente, ya que encontraba en un ambiente seguro y estaba hablando con los que hoy consideraba parte de su familia.

—Entonces, usted me dirá —le dijo Salomón al director de la Central de Inteligencia.

El director de la Central de Inteligencia miró al señor presidente quien dio un gesto de aprobación con el movimiento de su cabeza. Posteriormente, el director dijo:

—Conocemos la unidad monolítica que mantiene el líder norcoreano en su país, de la cual llegamos en oportunidades a dudar, pero ahora estamos claro de que esa unidad la mantienen. La parte diplomática fue usada con el fin de mantener el cuidado y de que no fuesen a ocurrir descontroles como los que ocurrieron. Otras de las finalidades era aumentar en ellos el interés de redoblar la seguridad de todas las armas que tuviesen y con especial interés de la destrucción masiva. Existe o existen personas que quieren causar una confrontación global y de haber un país involucrado, es muy peligroso. No descansaremos en descubrir ese o esas personas dentro de ese engranaje en esa nación, es más, eso nos pone en auto del cuidado y control de todas las actividades en nuestro país, que puedan generar riesgos de seguridad causada por una persona o personas internas o con influencias externas, que detrás de él o ellos esté un país, esperemos que eso no se dé. Para concluir le acepto su análisis.

Salomón regresó al tema sobre la preocupación del director de la Central de Inteligencia por el robo de tecnología secreta. Este conocía las intenciones del señor director por lo que aceptó una vez más realizar otro viaje por la Puerta Estelar, para alertar a los organismos de seguridad, evitar el robo de la tecnología secreta y ubicar al "hacker" responsable. En ese momento, el señor de la Central de Inteligencia recibió una llamada donde le informaban que el pirata cibernético había sido ubicado con la tecnología sustraída intacta.

En los interrogatorios iniciales se pudo comprobar que era un aficionado en computación y con gran capacidad en electrónica. Seguirían realizando las evaluaciones y si existía la posibilidad de reclutarlo, lo harían sin dudar.

La persona sospechosa era un joven americano y sus antecedentes personales estaban completamente limpios. Salomón le pidió al señor de la Central de Inteligencia que le gustaría conocerlo en caso de que fuese reclutado. Este recibió una respuesta positiva del señor director de la Central de Inteligencia.

El presidente de los EE. UU. realizó un gesto de alivio, sabía que, de no resolverse tal situación, generaría muchos problemas. Salomón también se sentía más tranquilo. Este le expresó al presidente:

—Por lo que veo, todo está resuelto y se cancela el viaje estelar.

—Así es Salomón, cancelamos la petición, sin embargo, la dejamos pendiente —respondió el señor presidente, quien dio por finalizada la reunión y abandonó el lugar.

Todo el equipo se fue retirando del lugar, quedando a solas el director de la Central de Inteligencia y Salomón.

—Estoy interesado en conocer la tecnología secreta. Tengo algunas ideas para construir un misil similar al que conversamos, incluyéndole algo extraordinario por dentro. También un avión que pueda girar trecientos sesenta grados en vuelo y un submarino que sería el único en su tipo en realizar maniobras muy dificultosas, para no decir imposibles, viajando a través del mar sigilosamente —le dijo Salomón al director de la Central de Inteligencia—, cooperaré siempre para seguir manteniendo la Paz en el mundo. Estoy instruyendo a mis hijos para que ellos posteriormente instruyan a sus hijos y sus hijos a sus hijos. Es una continuación que tenemos que hacer en la dirección correcta.

El director de la Central de Inteligencia al escuchar

las palabras de Salomón le respondió que era una consigna permanente en la Central de Inteligencia garantizar la seguridad de él y de toda su descendencia. Posterior a esta conversación, Salomón se despidió amablemente del director y le dijo:

—Me gustaría antes de efectuar cualquier otra misión, realizar un viaje estelar...

FIN

~~

Mario Ramos Ocaña

EL AUTOR

Mario Ramos Ocaña (1958-presente), es un especialista en contrainteligencia. Nació en la República de Panamá. Realizó estudios primarios en su provincia natal, Herrera, estudios secundarios en el glorioso Instituto Militar Tomás Herrera y, posteriormente, se graduó en la Escuela Politécnica de Guatemala (Academia Militar).

Publicó en Amazon su primera novela: "**Llamada de Sangre**", disponible en formato impreso y digital. Es una novela de acción contra el terrorismo, escrito por una persona que conoce a la perfección ese oscuro mundo donde se lucha por la seguridad de las naciones y la paz del mundo.

Actualmente vive en Panamá, se encuentra jubilado y se dedica a escribir y dar conferencias sobre seguridad y la lucha antiterrorista.

Contacte al Autor

Email: mro007@hotmail.es

**Este libro también puede ser leído
en formato digital.**

Agradecimientos

Quiero agradecer a todas las personas que llegaron a documentar los datos de sucesos de los cuales he hecho mención en este libro, como lo sucedido en la Alemania nazi, y todos aquellos que ha presenciado la humanidad. Incluí en esta oportunidad, un pasaje de la Biblia del antiguo testamento del Profeta Eliseo.

Del mismo modo, me gustaría agradecerles a aquellos soldados de todo el mundo, por llevar la Paz y defenderla con el menor daño colateral que se pueda causar a través de sus misiones. También agradezco el trabajo de los misioneros católicos evangelizadores de todo el mundo en su misión de evangelizar, aquellos que se esfuerzan en el mantenimiento de la Paz, exponiéndose en ocasiones al peligro. A todos, gracias.

Mario Ramos Ocaña

TERMINOLOGÍA MILITAR

ONU: Organización de Naciones Unidas.

Operación de engaño: Inducir a alguien a tener por cierto, aquello que no lo es.

Orden de Operaciones: Instrucción que imparte un comandante o comandantes subordinados con el fin de realizar la ejecución coordinada de una operación para la operación especificada.

Rescate Militar: Es una operación llevada a cabo por un servicio militar para encontrar a alguien que se cree perdido.

Terrorismo: Es la dominación por medio del terror, el control que se busca a partir de actos violentos cuyo fin es infundir miedo.

10726129R00159